蟲蝕

窗下的玉蘭已經落盡，
卻在枝椏間生出暗綠葉子

靳以——著

走進社會中的靳以，
以獨到眼光細細觀察世界；
那些形形色色的人，
在他筆下的苦痛更加鮮活。

目錄

目錄

序

浸沉於個人的情感之中，只為一些身邊事緊緊地抓住，像一尾在網罟中游著的魚，一直是沒有能力全然衝到外間去。我花費著我的精力，有的時候為了不能停下筆來就在桌上伏個整天，其結果是昏漲的頭和痠痛的手，與一些留在紙上的墨跡：由自己所寫出來的那些瑣細的情感，自己都怕著去再讀一遍，也就任它丟在一旁。這樣子我過了幾年的日子；覺得十分汗顏地，這是我第五本印了出來的書。

可是我寫了些什麼出來呢？我的友人曾經如此責難我，我自己也來問著自己。即使我是為了真的情感才提起筆來，甚至於在寫著時候，把眼淚流到紙上的時候也有過，可是對於讀者大眾我給了他們些什麼呢？我知道有些人在流著淚來讀我的作品的，有些人為我那溫柔的語調所打動；在我這邊就沒有更重要的事該寫出來麼？在讀者那一邊，也不是沒有更切要的事該告訴他們的。現在我是走進社會的圈子裡來了，這裡，少男少女已經不是事件的核心，這裡有各式各樣活動著的人，在不同的生活方式之下，他們各有自己的苦痛，這種苦痛也是為我所習見的，為了想知道更多一點，

序

我也會更細心地觀察。這些人的心不是一望即到的，每天在自己笑著，或是能使別人笑著的人，會有更深的苦蘊在心中。於是我深深地悟到展在我眼前的已不是那狹小的周遭，而是廣大無垠的天地。只要我能張開我的眼睛，那將有無窮盡的事物在我眼前湧現。

這一本書，將結束了我舊日的作品。在以前我的文章中，時常寫到我的一個友人，最近我知道了這個友人活得很好，而且可以說是成功了的。在這裡，我將真心地祝福這個友人。關於我的寫作呢，我有許多友人該提起來的，他們給我以不同的幫助。友人石，是我最該說起的一個人，他不只在這一邊給我以無上的鼓勵，還告訴著我在人生的途徑中該如何來邁著步。弟弟葉，曾經幾次當著我完成了一篇文章，不能定題，他能在一讀之後，給我一個恰宜的題目。還有當著我為往情所纏繞，莫能自已，只過著昏沉沉的日子的時候，就有那麼多親切的眼睛在望著我，一個直性的友人還能逼著我提起筆來，要我抬起眼來看到遠遠的地方。

這本書，我想，該獻與我這些友人們，尤其是我十幾年來的友人石。

一九三四，九，一日。

沒有用的人

沒有用的人

那是一個炎熱的下午，一切地上的生物都定在那裡為懸在天空的太陽燒著烤著，沒有一點方法來躲避，只有深切地感覺到：活著也並不是一件容易事。得以隱藏在房中的我呢，也正在煩惱著，因為厭人的知了，引起我的睡意（我知道如果沒有那冗長單調的鳴聲，我絕不能在熱得連一口氣也透不過來的天還想到午睡的）。可是當我睡到了床上，只有短短的一刻，就為汗把我浸醒了。我像是還做過一個夢來，夢中跌到水中去，只一下就驚醒我，通身的汗像是從上面淋下來。我立刻爬起來，用冷水沖了一下，當我用毛巾擦乾了時，又是一層汗滲出來了。我沒有法子，搖搖頭，嘆了一口氣，便揮著蒲扇坐到椅子上去。

於是我打開來一本書，我想藉著讀書來忘卻酷熱之苦；可是當我的身子屈向書桌，頭稍稍低了下時，就有一行汗從頸部一直流到前胸。那微癢之感使我不能忍耐。我只好站起來再用毛巾去揩著，這時候，大門的銅環不知道為那一個人敲著鏘鏘地響起來了。我想這一定是送信的郵差，為了生活不得不在這樣的時候奔走，友人們是絕也不會來造訪的。我以為僕人一定會應聲開門，可是事實卻不盡然，因為那門環一直在響著。那乾枯無味的聲音惹起我的煩燥，便跑出去，一下子拉開了虛掩著的門，使我驚異的是站在門際的是和我相識十年的友人楊。他穿了夏布長衫，通身都是皺褶，如石像一樣地兀自站在那裡。我伸出手去想來握他的手，他卻沒有向我伸過手來。我說：「請進來坐吧，這麼大熱的天……」

他沒有說一句話，順了我的指引走進我的房子，我請他坐下去。我為他倒了一杯涼水，還送給他一把蒲扇。

在三年未曾和他見面期間，半月前是偶然地在公園遇著了。那時因為有另外的友人，並沒有多說什麼，只是告訴著我的住址。還說了沒有事請過來談的話。但是在我的心中，為著他身形與容貌之變遷，最初是詫異著，又反覆地想著，終於是縈繞心中難以放得下。當我和他相識的時候，他有著魁梧的身材，有著紅而健康的臉色，他的眼睛是肯定的，永遠像望了閃在前面的光明與幸福。他聰明，又有好的環境。在朋友中，他是最為人所羨慕的。並不一定是為了他那物質環境，卻因為他永遠像是不知道世界上還有愁苦這個字。但是後來，為了什麼樣的衝動，他卻走到遠遠的南方去從事實地的革命去了。這已經使與他相識的人起著莫大的驚訝，因為像他那樣的人，至多不過是好一點的公子哥兒而已，真能捨開了溫暖的家與美麗的妻，也是為人所想不到的事。在千辛萬苦之中，他居然平安地過來了，在報紙上居然也有了他的名字。好像他所尋求的已經為他得著了。他滿足了，他成功了；可是在一次大的變遷之下，他從九死一生之中逃了出來。他棄去了自己的姓名，不和一切人往來，走了許多生疏的地方，後來是躲在自己的家中。也是偶然間在街上遇著了，我拍著他的肩，叫著他的名字，他卻微笑著和我說：

「先生，你也許是錯了，我不認識你的。」

我再睜大了眼睛看著他，他的臉為風霜之侵蝕，成為黧黑的了，又瘦下一些去，他的頭髮又是雜亂的，唇間又有一點小小髭鬚。這是當著他把頭轉過來的時候，我就自覺孟浪了，縱然是有相同的背影，這面貌是距離了腦中所記憶的他差了許多。再注視著，也還是這樣；於是我不得不說著抱歉的話，以自己的粗心與短視為理由，請求對方的原諒。他點著頭連續地說著：

「沒有關係，沒有關係……」

他仍自向前走了，我還是注視著，仍然使我起著這個人一定是我所想的那個人的感想；因為他在走路的時候，在搖著上半部的身軀，每次又把手故意碰著自己的褲管。這次我卻沒有再追上去問著，一半想也許有相同的人，再有就是我想到了即或是他，也怕有什麼不使，所以才故意地躲著我。

過了一兩天，我卻得了一封信，那是他寫來的，他先在請求我的寬恕，因為那天我所請求原諒的人就是他的。他說明因為在街上要躲避路人的耳目，不得不裝成和我不相識的樣子。在末了是寫著他是誠心地在希望著一個老友在閒暇的時候能到他的家中去談一談。

我去了，那是在一個早晨，僕人為我回過之後，就請我隨著他走進去。領我穿過了一道一道的門，那是華麗的中國舊式的建築，從那式樣上看，使我想到當初的所有者一定是王公之一流。我是被領到最後面的一個花圃裡，穿了浴衣的他正在那裡閒逸地以噴水壺來澆著水。他看到我，立刻放下手中的噴水壺，趕到我的面前來和我握著手。他笑著，他的手用力地握了我的，在說著：

「我們是幾年沒有見面了！」

「我的眼力還是不差吧，居然能看得出你來。」

他笑了，他告訴著我，就是那天在街上，他也幾乎自己忍不住要笑出來。

「為什麼我們不坐下去談呢？」

他於是就拉了我的手坐在藤蘿架下面的竹椅上，這時僕人也就送來紙菸和茶水。

「你抽菸吧？」

他先取出一支來送給我，可是我卻搖搖頭。

「我不會抽。」

「還是不會抽麼，隔了這麼幾年？」

他只得自己點起一支來抽著了，他抽菸的姿態是有些不同的，他是努力地吸著，因著就發出來嗤嗤的聲音，這樣子就好像他要把一支菸一口就吸盡了似的。

「你倒真有這閒情逸致呵！」

我這樣和他說了，他把眼睛朝我望了，用手先丟去銜在嘴中的菸蒂，就回答著：

「不這樣子怎麼辦呢，這樣子的國家，這樣子的時代！」

在他的話語之間，自自然然地就聽得出來他那深積在胸中的憤懣來了，他抓著自己的下頦，突然間他把右手伸到我的面前和我說：

「李，你來看看！」

在那手掌的中間，我分明地看到一個疤痕，他又站到我的身前，把肩部褪了出來，我也看到一個疤痕，他又把腿一隻一隻地抬了起來，在那上面我看到了三個創傷的遺蹟。

「這些就都是了，幾乎我自己的生命也放到上面了；可是我所得到的是什麼呢，是迫害，是流亡！」

他又坐到椅子上面去，像是叫喊一樣地說出來，還用手拍著裸露的大腿。為這過度的興奮，他的臉又漲紅來，暗青色的筋也突出著。

「但是你卻盡了你的力量，從災難中拯救起來無數的人民。」

「人民又是在新的災難之中了！」

他立刻就接著我的話說下去，隨後即是一個沉默。我是知道從前他懷了什麼樣喜悅的心情跑到南方去；可是現在他卻變成了如此的懊喪，想像著若是沒有什麼過於使他失望的地方，也許不會幾年間一個人有著如此大的變遷吧。

「無論如何，你總是做過一番事業。」

「事業麼？現在是什麼也提不到的，除非我們能達到成功之路，那才算是事業；

可是現在，唉……」

他搖著頭，不斷的嘆氣，他覺著自己像是太無力了。

「幾月前你還不是在 ×× 政府有著很重要的位置麼？」

「是呀，可是現在他們在搜求我，只要為他們捉去，就會殺了我。」

「這不是不公平的事麼？你曾和他們在共同的目標之下受了許多的苦難，你絕不該得到這樣的報酬。」

「你以為這世界上還有公平這兩個字麼？」

他呵呵地笑起來了，他像對了一個不懂世故的孩子說了一句傻話而笑著。充分地顯出他自己是一個深知世界的人了。

我們端起茶杯來各自喝了一口。

為了好奇的緣故，我請他告訴我他是怎麼樣傷了的，他告訴我使他記得最清楚的，就是手掌上為槍彈所洞穿了的那一次。

他說，當著革命軍還沒有到上海的時候，他是事先被派著去做祕密工作的，暗地裡他聯合了許多工人。

「由我一個人的指揮，去奪北火車站。在最初，我只是抱了犧牲的決心，因為以一群未經戰爭的工人來和那些兵士們對抗，就是那些兵多麼不中用，也是難抱樂觀的。」

他就告訴我當著真的接觸起來的時候，情況卻正是和所想的相反。他搖搖指揮刀，奮勇地攻上去，到已經把車站占領之後，他才發現了從手掌流到手臂上的血。於是他才知道右手掌是為子彈洞穿了，同時也才覺得那不可忍的疼痛。但是他卻十分高興，因為他成了一件最滿意的工作。

當他說起來這件得意的往事，他就又振作起精神，揮動著手，像他還是在領導了一群工人在戰爭，他搖了手臂，有的時候還從座位上站起來。但是當他說完了，想起來那不過是追述一件過去的事，就又覺著十分無興致的了。

他又頹然地坐下去。

「其實，這些事不提起也好，已經到了連自己也必須隱藏的時候了。」

他又點起一支菸來抽著。

在他的精神上，我知道他是忍受痛苦的，在生活上，他沒有一點憂愁的必要。他的家很有錢，還能給他華貴的生活。他在說了許多關於自己的話之後，忽然想起問到我的情況來了。我就告訴他：

「我在教著書。」

「結婚了麼？」

「我還是一個人的。」

「那才好。」他像是有著什麼樣感觸似地如此說著，我想那些嫁到富貴人家的女人，總不會再有什麼不滿意的吧。

「女人總是麻煩的。」

我知道他的妻也是和他因愛戀才結合的，可是我不知道為了什麼，他忽然說起這樣的話來。

「你現在怎麼樣過著日子呢？」

「我就是住在家中呀。自己栽置些花草，再讀一點書，也就是很快地把日子磨過去了。」

「到這裡有多麼久？」

「兩個月也過了，正在過著的時候，覺得是漫長的，可是過去了，又覺著像飛一樣地快。」

忽然他站起來走過去，仔細地把　枝倒下去的花枝扶了起來，我卻驚訝著他居然有著這樣的細心。

這時，我更仔細地看著他，我看到他的臉上有著些皺紋了，頭上還有幾莖白髮。他的眼睛還在露著　點懷疑的光來，像是對於將來的一切，不是如從前那樣地深於置信了。

我計算著已經在這裡過了一點多鐘，便站起來和他說著告辭的話。

「為什麼不多坐一下呢？」

他立刻又走近我握了我的手。

「家中怕有友人來，下次再來吧。」

「你若是有事，我就不敢留你了，你知道我是很想找朋友來談談——」

「但是，覺得有多少話要說的，見了面又說不出來——」

「你知道，我的家裡，沒有一個人可以談的——」

「沒有事的時候，多到這裡來來也好的。」

也許他是到了真的需要一個友人的時候了吧？在從前，我還沒有覺出來他有著如此深厚的熱情，但是一個受了殘酷的待遇的人，就把一個人原有的個性也能改過了。

「一定的，我會來看你。」我走了，他仍然握了我的手送我出來，依戀道地別後，我們才分開手。這以後，在很短的期間我並沒有去看他，我自己呢，為了生活的原因，很快就到另外一個地方去了。而我從另外的地方住了三年之後回來，只是三四個月以前的事。於是在半月以前，偶然地我遇見他了，這一次我又是幾乎不敢去認他，他又是變了。他的背部有點彎下去，他的臉成為黃而蒼白，他的眼睛無神地望了前面。我看到了是他，就告訴著友人稍等我一下，自己走過去。「喂，楊，你一個人來的麼？」

我知道他聽見我的聲音，很遲鈍地才把臉轉向我這邊，這時我已經走到他的身前，伸出手去，預備和他握手了。

「想不到遇見你，什麼時候回來的？」

他站起來，握著我的手；可是他的手不像是從前那樣強壯有力，他說話的語音，也顯著十分微弱了。

「我回來有三四個月，還沒有得時候去看你。」

我向他笑著，他卻像是始終注視著我，那是逼人的眼光，我想著躲開。

「你住在什麼地方？」

我告訴了他我的住址，他就請我和他坐談一下，可是我卻以有另外的友人在等我的話，委婉地回拒了，然後和他告辭著。

「我許在這兩天裡去看你的。」

「不，不。」他帶了一點嚴重件和我說，「還是我去看你好了。」

於是我就離開他了，我的腦子裡總是閃著他的影子，尤其是包了他那兩隻眼睛的黑暈，幾乎像是深深地塗在我的記憶之中，永遠也不能淡下去。我就又想起來他的眼睛雖是無神地，有時又像長矛一樣筆直地刺著我，我知道那是有點異樣的，那像是對於一切人都懷疑，終於是憤恨著。他或者恨不得自己的眼睛能冒出火焰來燒焦了他所看到的一切。

到後來我並沒有守著我的話去看他，因為自己的工作，和漸漸熱起來的天。在我也不曾想到他會到我所住的地方來的時候，他卻來了。

我想起來他是會抽菸的，便把菸送了過去，還為他點著了；他仍然是像從前那樣子狂吸著，發了嗤嗤的聲音。

他坐在那裡，瞪著我，像是諦聽著什麼，我都看到夾在手指中間的那支菸快炙著他的皮膚了，他也沒有丟開去。我忍不住了和他說：

「菸該丟了，不然就要燒著你的手。」

對我的話他並沒有加以置信，還是自己去看著，才丟到菸碟裡去。

「我是想來和你說一件事的——」

他突然地這樣說著了，露了異常的嚴重性，他皺起眉毛來，用手掌扶著自己的臉。

「很歡迎的呢，有什麼事情談談也好的。」

「你可以不可以告訴我，什麼地方沒有人類？」

給了我這樣一個莫名其妙的問題！我不但是不知道怎樣回答，而且還想不出他為什麼要問我這樣問題的用意。我的心中想著他或者是故意來和我說著笑話吧，可是他的樣子又是那樣的嚴肅，我只得反問著他了：

「為什麼你要問這句話？」

他像是想了想，低下頭去又抬起來說著：

「我想找一個那樣的地方去。」

「你有著和人類隔絕的意念了？」

他點點頭。

「為什麼呢？」

「我厭惡人類，我恨人類！」

他切齒地說著，他猛然地把握拳的手捶著近著他的一張方桌，為他倒的水立刻濺出來。可是他未曾注意到，他整個地是為忿怒緊緊地抓著。

「世界上怕沒有這樣的地方吧。」

我只悠悠然地答著這極平凡的話，想不到他卻立刻變了神態。他露了萬分失望的樣子，像是一個希望在他的面前為人活生生地捏碎了，他站了起來湊近了我，向我低低地說著：

「是這樣麼，是這樣麼？」

「每一個人都要給你相同的回答。」

「那怎麼樣呢，我還是只能忍下一切的侮辱麼？」

「誰來侮辱你呢？」

「你要問麼，所有人都來侮辱我的，我的父親，我的母親，我的妻！我的弟弟，我的友人，我的僕役……都有，都有，什麼人都是一樣的。」

「他們怎麼會來侮辱你呢？」

「呵，他們罵我是『沒有用的人』、『沒有用的人！』」

他又坐下去，額上的汗在淌下來了，他並沒有想到揩拭，他是在極度的苦痛之中，他那愁苦的臉扭成難看的樣子。

「他們罵出了口麼？」

「沒有，他們只是在心中罵著，可是我知道，他們什麼時候想到來罵我，我就聽見了。」他說到這裡停了停「我的神經是健全的，我絕不會錯。」

「你說你的父親和母親？——」

「是的，他們也罵著我。」他像是十分傷感似地說著，「他們以為我是徒憑理想徒憑血氣的人，當著我從外面回來的時候，他們說過——」

他像追想著什麼似的，用手掌敲著上額部，突然間他又接著說下去：

「他們諷笑我，覺得我只是一個思想過分邁進又膽小如鼠的人。」

「是你聽到他們這樣說著的麼？」

我覺得奇怪了，我想著任何父母總不會來譏諷自己的子女吧。

「那——那倒不是。」他微微地搖著頭，終於又肯定地說：「我的心聽見他們的話了，我的心可以聽到一切別人想說而未出口的話。」

「哦……」

我知道了些什麼了，我輕輕地嘆息著。

「他們罵我是沒有用的人。」

他苦惱地說出來，然後把臉埋在手掌裡。

「你誤會了，他們沒有罵過你。」

聽到這樣的話，立刻就把臉抬起來，以眼睛逼視著我好像對我說：「你——你也站到他們那邊去了！」可是他又繼續著他的話：

「在我的友人——同志的心中，我卻無疑地是一個落後的人。我永遠未曾追上他們！我只留在二者之間，成為一個不進不退的人。每次我見到他們，他們就笑著我的懦弱無能，視我像一條狗似地夾了自己的尾巴躲在主人的家裡——」

「這又是你自己想著的吧？」

「不，不，我不是告訴過你麼，我的心聽得見一切未說出的語言，我是聽到了的。我向他們解釋——其實我用不著解釋，我卻是顧唸到這誤會能影響我和他們的情誼——他們更笑著我，說我的神經也不健全了！天啊，他們要拿什麼話來罵我呢！朋友，你看我像是神經不健全的人麼？」

我欺騙著他了，卻是為了他的好，我搖搖頭。

「可是他們說我神經不健全，什麼是神經不健全呢，啊，一個瘋子！一個沒有用的人！」

「在社會中我是一個害群之馬，我是一個罪人，是人人都該指摘的人。」

他的滿臉都流著汗，這原是一個了不得的熱天，我因為聽得入神，好像忘了炎熱一般。

他端起杯子來喝了一口水，然後用手抹著臉上的汗，他又點起一根菸抽著。

我看著他，那疑慮，焦燥煩惱的樣子，引起我的同情，我知道他是怎麼樣了，可是我不敢說。我怕說出來之後對他是不會有什麼好處的。

他丟了那支菸，又說著：

「我的妻——你知道麼？」

「我看見過她，她是一個很好的女人。」

「你錯了。」他冷冷地笑著，像是對於我那錯誤的視察加以輕蔑的譏笑，「她是世界上頂壞的女人！」

「你不要這樣說吧，對於一個丈夫她總是一個難得的好妻子。」

「在外面看起來你的話也許不錯，你沒有再向深處看她一步，她是最會作假的人。」

說過了，他低下頭去，又是在思索著什麼樣的實例。

「譬如她每次勸我不要多到外面去，總有許多好聽的理由：可是她的原意卻是這樣『就守在家中吧，一輩子也不必出去，靠了父親的錢活下去也就算了。』——」

我皺著眉搖了搖頭，他還是說著：

「就說今天吧，我出來，她就問我到什麼地方去，我說我什麼地方都可以去；她又說這麼熱的天不要多在外面吧，怕會中暑的，你想她不是把我看得比什麼都不如了麼？」

「我是從死亡的手中鑽過來的，我曾經在戰壕裡為雨水浸了站立三天，我曾一天跑過一百二十里的路；我還會怕這熱一點的天麼？」

他興奮地說著，唾沫的星子從他的嘴裡濺出來。

「我忘記把扇子帶著，她立刻就告訴我，她看我一點也沒有用；可是我說我是故意不帶出來的——你想，這是一個人所能忍受的麼？」

「而且她——她也罵著我是一個沒有用的人！」像是很費力地他嘆了一口氣「想想看，一個我所愛過的人，比我的父親和母親還要親切的人，也是這樣來罵著我了。」

「你不要誤會吧，他們不會對你這樣的。」

「你以為我是誤會麼？並不是的，我自己知道我自己沒有用，可是我不願意由別人說著我，我更怕不用嘴來說，只是用心中來說著。」

我望著他，我看得出他真是為著這些憂煩，他的樣子很使人驚恐。

「楊，我想你該靜一靜，到鄉間去住上兩三個月吧，城市的生活也許對你不十分合宜，你該有好的靜養，你的思慮是太過分了，你必須注意自己的身體。」

我以衷心發出來的話向他勸告著，我是同情他，我想像得出他是如何地忍受著苦痛，所以我誠意地說了。聽到我的話，他卻翻起眼睛來瞪得大大的，朝了我一動也不動地望著，就向著我說：

「你該接著說出來下面的話呵。」

這使我愕然了，我想說的話不是都已經說完了麼，我是沒有話說的了，可是他要我說什麼呢？

「說出來吧？」

他又在催促著我。

「我沒有什麼話要說了。」

我終於這樣說。

他站起來了，他的眼睛像是冒著火，他從牙縫裡擠出一個一個的字來：

「你也來罵我是沒有用的人了！」

這他卻說錯了，我並沒懷著一點看不起他的意思，我就和他說：

「沒有那回事，你不要這樣想吧。」

可是他並沒有停止，仍然用著恨恨的語調和我說！

「我才走進來我就聽到了，你不必說吧——」

「楊，你為什麼要這樣想呢，我總還是你的友人的。」

「啊，友人——友人，我沒有一個友人，我知道我是一個沒有用的人——」

他逼著走上兩步來，「可是我不願意別人來說我是沒有用的人！」

才說完這句話，他就跳起來猛然地在我的臉上擊了一拳，他的那一隻拳頭要擊上來的時候，就為我迎著抓住了。我的臉痛得發燒，我將要施以對平常人的報復，突然間我想起來了，我放開他的手，我不說一句話。我用手撫摸著我的傷處，已經傷了外皮，像油一樣的血滲出來。

他也站在那裡，看著我，默默地，漸漸我看到他的眼睛裡有眼淚在轉著了，他就低下頭去，用遲緩的腳步走了出去。我沒有送他，還是站在那裡，我沒有一點恨他的心思。

我聽到僕人關門的聲音了，我想僕人一定也覺得奇怪吧，想著主人何以不來送客呢？

我還是站在那裡，我不知道自己是在想些什麼，我像是呆定了，我的傷口，為汗水所浸潤，起著難耐的疼痛。我走到鏡子的前面去照了照，我看到那紅色的血，我又起始覺得我的臉有一點發癢，在鏡子中我看到漸漸掛下來的兩行淚。

對於他，我仍然是有著深厚的同情的。

沒有用的人

老人

掛了「阿克索衣諾夫舊物八雜」這樣招牌的那家買賣，是擠在排滿了這一類商家的那條街上。橫在屋上的金字招牌，已經失去了那點金花花的顏色，就是那以泥土築成的字的筆畫，有的也為積年累月的雨水沖毀了，容易為人讀成「阿克索衣奧夫舊物八雜」，或是「阿克斯衣諾夫舊物八雜」。可是這種錯認只是一些生客，因為這個鋪子在這條街上已經有了三十年。

在這個鋪子的右邊是一家下等飯館，標明了出賣二毛五一份的「家鄉午飯」（事實上到那裡的客人多半是討飯的人，花上五分錢買一個湯，把討來的乾麵包浸在湯裡吃著）；在左邊，則又是一個舊什物鋪子。這條街是髒的，在夏天飛著成群的蒼蠅，因為是那麼多，嗡嗡的聲音都會使人的頭發昏；可是到了冬天，一層冰一層雪地蓋下去，不只把一切不潔之物都掩藏在裡面，還能顯著頗清爽的樣子；而且那自從造起來就沒有翻修過的不平的路，也像是光滑了。但是這光滑並不對於行人有利，反倒更容易使人在那上面傾跌下去。

這一天，是一月十五日的晚間，那些沒有國籍的白俄人民剛剛在頭一天度過了他們的新年。每個年節的日子，更容易使他們想起來過去的一切事情，因為事實上是不會再有了，所以他們更覺著值得追戀。

於是他們大量地喝著酒，有些人簡直是張開了喉嚨灌下去的。（其實，這也並不能認為是適常的理由，因為他們對於酒的愛好，一向是為人所深知。）就是那些沒有多少錢來買一醉的（也許還餓著兩頓飯的肚了），也要裝成醉醺醺的樣子，走起路來要東倒西歪，故意含含混混地說話。這卻完全是為了體面的原因。

老阿克索衣諾夫沉默地坐在他的貨物之間，瞇著眼睛，似睡不睡地蜷臥在那高的圈手椅的裡面。他那紅色的臉，堆滿了皺紋，正像一個在太陽下晒過三天的蘋果，使人看見了就要發著不舒服之感。而且他是乾枯，瘦小，像一隻猴子，只是缺少那尖銳的目光。他的眼睛不只是不尖銳，還總是露了疲憊的樣子，也難怪，他用它們張望過七十四年的人世了。他的手像雞的腳，只是骨骼上包了一層皮，筋絡一條條地都突起來。

每個看到他的人，都對於老年增加了更甚的恐怖。在心中問著自己：「我也要活到那麼使人討厭的年歲麼？」

算是他的貨物，種樣是多的，只有一個共同性，那就是舊。既然說是「舊物八雜」鋪子，貨物之舊是當然的，只是他的貨物之陳舊，就如同他這個人一樣，到了只有使人嘆氣的地步。那些貨物有一八八零年最應時的女人披肩，有著五十年的歷史，早已褪盡了顏色；還有磨去表皮的長筒皮靴，被蟲子蝕了無數洞孔的舊禮服和帽子；在發明那一年，就造出來的留聲機，鏽成黃色的一些鐵器，少了一隻腳的寫字桌——許多許多不同的東西，有的還為年青人所未曾看見過，在驚奇之外，也還對於用途有點莫名其妙的東西。

但是在他的眼裡，什麼都是美好的，每一物件都有一段光輝的過去。除開了那些他自己用過或是為他的家所有的之外，那些由別人賣到他這裡來的（這可也是五年前的事了，五年裡他沒有富裕的錢來收買別人的舊物）也都有它自己本身的故事，由賣者抹著眼淚說給他聽。那時他也許陪出些眼淚，把錢塞到賣者的手中，聽著他的道謝走出去，把這破舊的什物剩在這裡。轉過頭來他就覺得上了當，生著氣，把他唯一的助手罵一頓，（這個助手，就是他的孫子，名子是亞歷山大，平時為人叫著縮名沙夏，一個二十幾歲的年青小夥子。）喊著他搬到一邊去。可是他卻把那美麗的故事清清楚楚地印在腦中，如果有顧客來看中了，他就能把這故事說得更動人一點，為的是能得著好價格。

「您可不要看見它破就皺起眉頭，它可是咱們俄國造的上等貨——可不是現時的俄國，那群反叛的國家。這個手風琴就是一千八百五十一年，也許是五十二年，轟動了整個的彼得堡的歌唱家，叫什麼諾——，您得原諒我，我記不起來了，我是快要活到七十歲了——就是他用過的，您可得知道這個諾——是又年青又漂亮，多少女人著了他的迷，他可就是性情不好，不歡喜那些娘兒們。我就知道有些不得和他親近的女人，買通了他的僕役，在他的手風琴上偷偷地吻一下。您不信聞聞看，到現在還有脂粉香呢！他愛上的是一個頂不愛他的女人，世界上的事都是這麼怪的，他一輩子可沒有得著她的青睞，他就帶了他的琴，跳河死了——」

他自己在心中溫著這個破舊的手風琴的故事，有一點疑難上來，即是把它的主人說成自殺死了的，是不是為那買主們嚐著一點可怕呢？

但是這件故事卻使他自己十分滿意，甚至於連他自己也騙了過去，就吃力地把鼻子湊到那手風琴的近前，聞聞是不是留有脂粉的香氣。

當著他用力地吸著，那霉滓的氣味刺激著他的鼻子，打了一個大噴嚏，眼淚都流了下來。他喊著他的孫子，把他扶到椅子上坐下。

他閉了閉眼睛，讓精神稍稍得到一點蘇息，可是如果這個時候他的耳朵裡嗡嗡地響了生人的語音，他就會立刻跳起來，揉著眼睛，順著主顧的手指所指著的物件看去，滔滔地起始著記在心中爛熟的關於那物件的故事。

但是他自己已經活到了七十四歲的年紀，真也是陳舊得如他的貨品一樣，在別人的嘴裡該有一串美妙動人的故事。或者是沒有一個人對他有高深的興趣，因為他是那麼老得使人厭氣的老頭子，孤獨而無味地活著。

他的孫子沙夏——他那個唯一的助手，也在兩年前偷偷地離開他了。留給他的短簡中，有著這樣的一句話：「我的走是為了不願意把我的青春埋在這破舊的氛圍之中。」這使得他這個老年人，氣得只有發抖的分。

「破舊的氛圍，破舊的氛圍。」他的嘴喃喃地說著，「你可是從這破舊的氛圍裡面長大起來的！你走到任何的地方去，上帝的眼睛總會看了你。把你埋葬到土裡去吧，埋葬到海洋裡去吧！」

他可是這樣子凶很地詛咒著了。

從這以後，他就只是一個人，早晨要他自己爬起床來打開門，到晚間還要他親手把門鎖好。窗櫥間的那方大玻璃，自從那年青的小夥子走後，就未曾擦拭過，上面是罩了一層如霧的汙物。

時常他也想念著那個離開他的小夥子，自然他真是需要一個人的幫助，除開這個原因之外，還有就是不是用嘴說得出來的一點親情，使他總不能忘記。

在昨天，他拿了一件舊上衣，還加上了多少好話，換來了一瓶渥得加和兩塊烤小牛肉，喘著一口氣，坐到自己的圈手椅裡；那時候，他就突然間想起了漂流在不知何處的孫子。他想著如果沙夏在這裡一定會更有趣味一點吧。他記起來沙夏的歌唱和跳舞，（從前他可是覺著沙夏唱得他頭昏，跳得他腦子漲過的。）他懷唸著他在這個過年的日子是不是也能痛痛快快地喝一晚上酒？

他一面想著一面把酒倒在杯子裡送到嘴邊，只一口就減去了小半杯的容量，突然地他想起來莫不成他的沙夏已經不在人世了麼？

這樣想著了，他就記起來沙夏自從走了之後，兩年中未曾寄過一封信來，也沒有從別人的嘴裡聽到沙夏的訊息；而且在前一年，也許就是前五天，他有過一個夢，夢中他看到沙夏瘦得不像人樣站在他的面前。

他打了一個寒戰，一切都像暗示著他的沙夏一定是死去了，他恨著自己不該在他走的時候發著詛咒，也許是他的詛咒把沙夏害死的。

「——這不可能，這不可能。」

他獨自在心中默默地說著，他想到仁良的上帝，不該再奪去他的孫子，他的獨一的孫子。

他追想著自己結婚後五年，那個不義的妻就不知道逃到了什麼地方去，為他留下了一個三歲的兒子。雖然他那時候還有能力使另外一個女人成為他的妻，可是因為怕了一切從女人上所引起的糾紛，就沒有那樣做。在他的照顧之下，他的兒子長到了該從父親的膝下走到女人的懷中的年齡。可是後來他的兒子在婚後又很快地死於軍役。

尚在少艾的兒子的妻，丟下一個才只一歲半的嬰孩，嫁一個鐵匠丈夫去了。這個嬰孩就是沙夏，經過了他二十年的撫養，長成了一個粗壯的小夥子。他十分鍾愛他，也時常責罵他。在事業上，沙夏確是能給他極大的幫助，那些凡是為老年人的精力所不能做的事，都是那個小夥子替他像牛一樣地操作；但是沙夏有時候也有牛一樣的性子。在他的眼中，沙夏常是拗不過的，要他生氣，總也不肯聽他的話。譬如偶然間街上有一個女人走過去了，沙夏就會故意跳到街上，攔住女人的去路，也許說上兩句粗鄙的話。這在他的眼睛裡，可實實在在難以看得下去，當著沙夏回來了的時候，他就用了他那粗啞的聲音說：

「沙夏，這你可不該！」

那小夥子不理他，只把眼睛翻了翻，仍然是像牛一樣地在那邊把破舊的縫衣機搬到近窗的空處。他的嘴唇在噓著俚俗的調子。

「你可真是一點體面也不懂，你該知道要尊敬女人。當著我還年青的時候——」

他才說到這裡，沙夏就攔住了他的話頭：

「女人還要尊敬麼？我們這一代和您那一代隔了半個世紀呢！」

沙夏譏諷地，把鼻子嗤了一聲。

「年代雖然不同，男人總還是男人，女人總還是女人吧！」

他忿忿地，幾乎是扯了自己的鬍子，把眼睛也瞪得溜溜圓朝了沙夏望著。

「您不用氣急」，沙夏故意扮著鬼臉，立刻就把老年人逗引得笑起來。

「這年頭的女人您可真摸不清。」

「好，我看著你們吧，……」

說完了他就又走過一邊去，繼續方才停下來的工作，沙夏也自唱起了曲子來，做他該做的事。

對於工作，沙夏卻從來不曾厭煩過，可是圍住他的那些什物，時常引起他的不快。這都是那麼陳舊，幾乎每一件都是在他之先而在這世界上出現，縱然有著許多好聽的故事，也不能使他有一點興致發出來。這都是失去了光澤，灰暗的；就是去追想往日的輝耀，也多是那麼不容易，沒有一點把握。他時時在問著自己：「我真就這樣一輩子下去麼？」這時候他的心就活動起來，接著就想到：「我遲早是要走的。」

每一次想到離開這個陳舊的環境，就想到了他的老祖父，已經是那麼老，平時雖是使人厭煩，想到了離開卻有深厚的依戀之情，年老的祖父實在是好得使人討厭，他照看他的孫子以五六十年前他的祖父照看著他的同一情形，他完全忽略了這中間有若干歲月的距離。為這原因，在年青人那邊就覺得他是多事的，絮叨的，麻煩的，不使人高興的。而且祖父又有那麼剛愎的個性，（許多人都說他是多年沒有女人在身這才如此，）不容他的反辯和爭論，所以時常為著祖父的好意他卻是在忍著苦。

「若是我走了呢？」

他這樣想了，心中便像閃了一線的光：但是想到他若是走了年老的祖父該怎麼樣活下去呢；他就又起始猶豫著。他知道他是他獨有的親屬，沒有人來照料他，也沒有人來安慰他的寂寥。可是終於他又想著：真就使我自己也像這些貨物一樣地腐舊下去麼？

他還是走了，留下的短簡，使那個老年人呶呶地罵了幾天。

到了這個新年之後，這個老年人卻殷切地想起來他的孫子，一直兩年裡，他從沒有向別人說過一句，就是到現在，若是有另外的人在他面前，他也許仍然能忍得住一聲不響。實實在在地他卻是深深想念著，至少在這樣的日子，若是沙夏還在這裡，就能早早關好了門，把一切該做的事情都做完，他自己很可以什麼也不管，舒舒服服地睡到床上去。

但是現在呢，他想想，自己搖著頭。

時候是不早了，對面的店鋪連燈也關了有半個鐘頭，他只好站起來，搖搖晃晃地向著前面走了兩步，可是突然間，一個人闖進來了。

「是哪一個呢？」他在心中想著，他的眼睛可實在有點看不清。若只是說因為他是老了，目力有點不中用，那也不是盡然的事：倒是為了多喝點酒，才更模模糊糊地看不清楚什麼。

他把手掌抹著眼睛，那個走進來的人用洪亮的聲音嚷著：

「您真是老了，老爹，看不出來我麼？」

接著是一陣粗野的笑，來人的臉更向著他湊近一點。

這他看得出來一些了，那是一個像肥大的南瓜一樣的臉，長著連腮連鬢的鬍子，鼻子卻像懸著的一個紅椒。他記起來了，他叫著：

「亞利賽，是你吧，有一個多月沒有到我這裡來了。」

他高興著，自以為喝了更多的酒的樣子，用短促的聲音談話，故意把手戰顫著拍著來人的肩頭。

「前兩個星期我不是到您這裡來了麼，您的記性可真有點不好了。」

「記性並不差呢，必是——」他說著，停了一停，搖著腦袋的「必是多喝了點酒。」

說完了，他抬起眼皮來望著來人，可是那個人卻像釘著他年前買進來的一頂花帽，對於他的話一點也沒有注意。

他故意歪斜著身子，撞到那個人的身上，又重複著一句：

「昨天，我多喝點酒！」

「啊，老爹，怪不得您醉成這麼個樣子，真要是跌下去倒有點麻煩呢！」

亞利賽扶著他走向裡面去，把他安置在他常坐的椅子裡，那個人自己也撿了一張椅子坐下。當亞利賽坐下去的時候，他那肥胖的身軀，把那張椅子壓得叫著。這他可清清楚楚地聽到，他幾乎從他那椅子中跳起來，但記起他還是醉著，只好忍住了，只是在喉嚨裡哼哼兩聲。亞利賽立刻又站起來，從牆角拉過來一張粗笨的椅子坐下去。

「你好麼，過了這個年？」

老年人用著遲緩的語氣向著來人說，他和這個人的父親（也是一個肉商），是很好的朋友，所以他就可以對他說話如對著自己的兒子說話一樣。

「唉，還過得去，總是不如從前的！」

亞利賽嘆息著，把兩隻手不住地在自己的肥大的肚子上撫著，只要看到他這個肚子，就容易使人知道他的操業。

「可不是，都不行了啊？」

老年人也感嘆著，彷彿這整個的世界，在他們的眼睛底下，就如同他的所有物一樣的陳舊，而且還是離開毀滅的一天，已經只有很短的距離。

各人都有著深厚的感慨，都自己在心中想著如何使這世界重有先前光輝的日子！因為知道這是多麼不可能，便都嘆息著。他看著那個肥碩的身體，想到當他在壯年的時候，亞利賽不過像一隻狸貓那樣大，在母親的懷中號哭；（這時候他又記起來，他還是亞利賽的教父呢。）現在肥得像一條黃牛，簡直使人有點不敢相信了。可是這個世界呢，不也是變到使人不敢相信的地步麼？連尼古拉王，都被殺了，被那些亂黨殺了；那些亂黨還一直統治著整個的俄羅斯，到現在還是他們，像這樣的事能使人置信麼？像他自己呢，雖然一向是遠離鄉井在異地經商，卻也是俄羅斯大帝國的好公民。三年兩年之間他就要回到他的祖國的懷抱之中一次，在那裡，他感覺著一切的溫暖與快慰，那一望無垠的原野，和飄在原野上的風，載了花的香氣，草的香氣，還有土壤的香氣，像是給他重生的力量，蘇息他遠年在人生途上的困頓。他看著那些豪華的貴族和大地主，但是他從來沒有一點怨憤，在他們的驕佚的生活中使他看到了更大的世界，而且他以為他們的享受是一件十分公允的事。但是那些亂黨毀了一切，又使他失去了再踏上故土的機緣。他獨自詛咒著，（有和他同一的遭遇的友人來了，便一同怒罵著，）他發誓不張開眼睛去看那些叛者的遊行；但是時時地他卻想起了那原野，在原野上飄著的風，還有卷在那風裡的香氣。他懷戀著。低下頭去，用無盡的詛罵洩著在胸中激盪的怨憤。甚至於有著大的企圖，想到了自己的年歲，就又把那雄心消滅下去。他自己絕望地想著！「在我和死亡相遇之前，將永遠不能回到我的故土了！」

在這一陣沉默之中，他們是各自低下了頭，好像這是將無窮盡的下去，誰也不知道說一句什麼話才好。最後，卻是他的一聲大的嘆息，才驚醒這凝住了的境況，各自記起來是該有點什麼話說下去的。

挺了挺身子，揚著兩只粗肥的手臂，亞利賽恣意地打著呵欠。然後擦去了從眼睛裡擠出來的淚水，突然間像想起來什麼十分重大的事件似地從坐位上站起來。

「老爹，我有點東西帶給您的。」

他一面說著，一面把那肥胖的手在衣袋裡尋著，他像是很興奮，但是他失敗了，在衣袋之中他什麼也沒有拿出來。

看見了他像是漠不關心地坐在那裡，他就說：

「那是關於沙夏的——」

這可引起他的注意了，他立刻問著是怎麼一回事，是不是有什麼信帶了來？再三地要亞利賽仔細地找一遍，他用低一點的聲音說著，他是願意知道一點沙夏的消息的。

為著搜尋，亞利賽的頭上竟有著汗珠，（這不是因為因工作而出的汗，卻是氣急才出來的。）他把衣袋的底層幾乎都翻轉來，把那裡面的手帕，錢袋紙菸之類都拿了出來；但是他還是沒有找到，漲紅的臉，突起的青筋，如牛一樣地喘氣，使得阿克索衣諾夫老爹也覺著十分過意不去。雖然心中更迫切地想知道關於沙夏的消息，卻也這樣說著：

「坐下歇歇罷，也許忘記帶了來，沒有什麼關係，我是不在乎的，唉，沙夏那個孩子，也不是一個聽話的好孩子。」

亞利賽覺得十分抱歉地，搖著頭，用手絹擦著臉上的汗，他是預備坐下去了，可是突然間引起他的記憶，就用手在長褲的後面的袋裡，摸出一張剪得不十分整齊的一方印刷品。

「這就是了，老爹，我真怕去了，好容易才撿起來的。」亞利賽高興得幾乎哭出來，把那方印刷品送到他的手裡，那上面是有著一個銅版肖像，下面還有兩三行英文的說明。

「您看，這不是沙夏麼？有多麼漂亮，我就知道這小夥子必會驚人的！」

他仔細地望著，雖然肖像上的那個人是梳得光光的頭髮，穿了紳士的禮服，他也一下就看得出來，那就是二年前離開了他的沙夏。

「他的神情可真不差，眼睛是那麼有神采……」

這他可是只在自己的心中如此想著，並沒有說出口來；而且這時候他覺著自己的嘴是變得笨了，（還好像有一點發著抖，）就是想說話也許一個字也不能說出來。他像釘住了一樣地望著那個肖像，那眼睛裡冒著年青的神采；他的心為欣悅塞得滿了，他的眼睛裡一層一層地蒙著眼淚。他的手，微微地戰顫著。

許久之後，他才很吃力地，囁嚅地問著：

「你！你，知道這下面說些什麼話？」

「我怎麼能懂英文呢？今天我還問過兩個顧客，他們也不懂。」

他點著頭，可是並沒有把眼睛抬起來望著，當著亞利賽說話的時候。

「你是從哪裡找來的呢？」

「這是我從舊紙店買來包牛肉的，您不記得我總要用不少舊報紙麼？從前沙夏就常歡喜到我那裡去撿著畫報。有一天一個老婦人到我那裡買了一『分得』[1]的小牛肉，順便拿了一張紙包給她，就看見這張像。我又拿了另外一張給她包好，留下這張來，總想著給您送來看看，沙夏這孩子一個人在外面，倒像是都很好的。」

「也不見得吧。」他故意又把他的倔強顯出來，「也許他是犯了罪的囚犯。」

在嘴裡這樣說著，心中卻一點也沒有這樣想；為了在一個別人的眼前，總是要露出來他永遠不會寬宥沙夏的。

「不是的，他一定還是自由地，高興地生活著。上帝保佑他這好心的孩子。」

亞利賽莊重地在胸前畫著十字，於是就向他告別了。他再三地說著道謝的話，把

1 分得「之重量等於英鎊十二分之十一。」

亞利賽送出門外，勉強地自己把門上了鎖，關了電燈，摸摸索索地走向自己的臥室。

那晚上，雖然是很快地爬上了床，並沒有立刻睡著。他左一次右一次地看著那張肖像，因為握在手中的時候太久了，已經有著更多的皺褶，他把它舒坦地用手展弄，放在眼前看著，一直到他的眼睛因為過分的痠痛流著淚，他還是強自睜開望著。那張肖像起始成為灰灰的一片了，他再也看不出那裡是沙夏的嘴和鼻子，也看不見那光光的頭髮，他只得熄了燈，閉起眼睛來。

這樣子他好像是忘記了自己的眼睛是張開或是緊閉，因為他看見了許多許多沙夏的臉在眼前閃動，他的耳朵也彷彿聽到沙夏在叫著他的聲音。雖然是那麼疲乏了，也是一翻身就爬起來；但是他立刻就知道了，這整個的房子裡，只有他這麼一個年老的人和一堆堆破敗，老舊，無用的物品。

他掃興地又躺了下去，漸漸地睡眠把他埋下去了。

從此他就總是把那張肖像，放在身旁，每一個顧客來的時候，他就拿出來請求他們替他看一看那上面說了些什麼。他在一傍一定也絮絮地說著沙夏是什麼樣子的人，有多麼好，曾經怎麼幫過他。他還要說沙夏是頂聽話的一個孩子。遇巧有那舊的主顧，（在他的記憶中卻是早已忘記了的，）就會問著他是不是那個他以前時常罵著「懶惰的猴子」的那個年青人？這就使他覺得一點窘迫了，一陣子不知道說什麼好，就又把話轉到生意上去。

被請教的人也多是紅著臉，搖著頭，沒有能給他滿足，在白俄之中，知道法文的比英文更多一些。還是一個曾經在皇家音樂院奏演口技的希洛夫，靠了賣藝餬口，流落在歐美許多年，為他說出來那上面的字。還說著，在美國，曾經遇到過沙夏，他的那條好嗓子為那些美國人所折服，已經娶了妻，那個女人還是舊俄時代的一個郡主。他是流著眼淚聽著希洛夫說著這些話，他熱情地拉著他的手，希望知道更多一點的事情；他還說如果若是不嫌棄的話，他可以請他喝點渥得加的。可是那個希洛夫卻道著謝，說是因為有另外的約會，便和他告辭了。

當著希洛夫走了之後，他忽然懊悔起來，他想該問明他的住處，因為是可以再去和他談談關於沙夏的事。他很想多知道一些沙夏的近況，但是他卻在料想中能確定地知道了：在前年的晚上沙夏是能喝得爛醉的。

為這好的訊息，他高興著，他幻想著成功的沙夏是多麼快樂，有多少美麗的讚頌在等著他，使得他的精神上有著光輝的裝飾。他的家族，也該為人注意到了，提到他自己，沙夏就要這樣說：

「我的老祖父——」

沙夏要用什麼樣的字句來形容他呢？是不是要接下去說著：「一個十足頑固的老頭子啊！」

他這樣想著，就不可忍地煩燥起來，他想著沙夏能這樣說的。在離開他的時候，沙夏不是明明地用「破舊的圍」來說著他的一切麼？那麼不就是很容易說著他也是多麼腐舊的一個人，要永遠把他關閉在那陳敗的環境之中，甚至於不許他自由地喘一口氣。要他成為十九世紀的少年人，死板板地，從來不知道使他去度著快樂的青春——

想到這些，他的眼淚就流下來了，他可以以他的老年來對天發誓，他是那麼愛著沙夏的。他比每一個祖父愛著他自己的孫子還要多，但是他可看不過去這個世界，沙夏能明白他麼？能知道他是那麼疼愛他麼？

這麼些天，只是沙夏的影子在他的腦子裡轉。過分的思慮，使他感覺著疲憊了。不是麼，他已經是那麼老了，他就只該靜靜地活著等候末日的來臨。他已經知道了沙夏活得很好，那麼他也可以不必去多想了。只要不帶給他的名子以恥辱，還有什麼要過事憂心的呢？

他緩緩地轉動著身子，看著那些堆在地上的，掛在牆上的，塞在木架裡的一切貨品，對他是那麼熟稔的，都像是帶著友好的樣子說給他：「歇歇吧，老爺，我們是都該休息了。」

這幾乎是只有他一個人所能聽得懂的語言，他點點頭，摸摸這樣，動動那樣，他的心又感到平和的愉快了。心中想著：「買點肉腸，喝點酒吧！」

外面又黑了下來，夜在一口一口地吞噬著殘餘的白晝，太陽已無力地沉到地的下層去了。

蟲蝕

靠近了外灘的馬路上，都是高的建築，這樣子，把夾在兩排建築之中的街道顯得是更窄狹，抬起頭來望上去就只看得見一個細長的天，（這天有時候是青的，有的時候卻成為灰暗的。）而爬來爬去的，則是一群如甲蟲一樣的汽車。

在夏天，行路的人在這樣的街上走著，會覺到難得的涼爽，從江邊吹過來的風，一直能把人的衣裾飄得高高的；可是到冬天，風是更寒冷，更猛烈；身弱的女人很容易就被吹得跌在地上。

這樣的街上，有的每日是很難得見著太陽。在早晨，這面建築的陰影落在那面的建築上；到下午，那面建築的陰影又落在這面的建築上。只有在正午，陽光才能照滿了這深溝一樣的街；可是只有那麼短短的時候，遇巧會有一片白雲遮了，於是，又成為永遠蓋在陰影下面的街道了。

這樣的街道上可並不冷靜，塞滿了每個窗戶，每個電梯，每個行道的多是有身分的人。大的建築裡一小間辦公室就要有二百兩的租價，所以在這裡面的，都是經營著大企業。而且都還像是很成功的。這條街上有德國顏料公司，美國機器公司，國家銀行，水災救濟會……還有那麼許多的公事房，掛了不同的招牌，除開和他們有直接的關係，是很難知道在作些什麼生意。在上午的八點半鐘，中午十二點和下午五點，街上都是人，彷彿兩傍的建築如果不是那麼高壯，那麼偉大，就會被人群擠倒了似的。

坐在一路電車裡，慧玲的心像是比這跑著的電車還要快上幾倍，一直飛到辦公室去了。從住的地方到了路口等電車，那時候就已經是九點，過去了兩輛因為人滿不曾停下來的電車，就又是五分鐘的時候，終於來了這一輛，因為是女人的關係，她是占先地跨上了車。但是那時候，當她為了怕因行進的動搖而傾跌，用手拉了懸著的藤圈，順便就看到了腕錶已經是九點八分鐘。因為看著錶，也沒有注意到不知那一個乘客讓給她的座位，就莫知所措道地著謝，坐下去了。

「這可怎麼辦，又晚了！……」

她的心中往復地這樣想著。其實若是遲到就算告假，月底照扣薪水那倒也沒有什麼，只是那個人，長了一張大肥白臉的，又要借了原因來說三說四了吧。

她的焦急也沒有什麼大用，在白渡橋口，電車又為巡捕的紅燈阻止了。她眼看著所乘坐的車是停在這裡，彷彿至少還要有一分鐘的耽擱。她想跳下車去走了，但是隨即想到那沒有用，除開耐耐性子等在這裡，沒有其他的好法子。

到南京路口的停站，她快快的走下來，遙遙地就看到了海關上的時鐘，已經九點一刻。

她就用了急促的步子走路，在走向西面的行人路，穿過這一條跑著汽車電車黃包車的馬路的時候，她的臉仍然是紅漲著。她有著鄉間人才到上海的不安，因為一失神，把從電車上找回來的銅元都散落在路上。她想拾起來，又好像覺得有許多人望了她。像是有點難為情。而那雜亂的車輛，也使她深深地怕著。她毅然地不要了，繼續著她的路，又像是聽到路人的竊笑。這使她的腳步愈走愈快起來。

轉了一個彎，就走到矗立了有著她每日要去裡面辦公的那座建築的街。這條街，從東面就吹著堅勁的風，在初冬，是寒冷的風，吹透了她衣衫，還使她打著冷戰。可是前面就是那建築了，灰暗，破舊而龐大的。雖然只有四個月，她已經起始怕著這座古老的房子；可是每次當她遠遠望見了，又生著欣喜之感。她不只是怕著那單純的工作，還怕著那種非人的待遇，不是被人看成一點用處也沒有，就被一些更可厭的人圍在身邊說著無聊的話。而近來，更有一個居高位的，只知道一加一是二的一個美國留學生，把圖她的野心逐漸地露了出來。所以她怕著，可是在每日清早起來辛苦地奔波一程之後，遠遠望見了那建築，知道立時就可以得著些蘇息，她的心中又自自然然地有了一點欣喜。她把腳步更放快地走著，進到一個弄堂一樣的甬道，便在電梯口那裡候著了。那隆隆的聲音，那牆上附著的一些灰塵，都立刻引起她灰暗之感，她那整個的心，又為煩厭重重地壓著了。

她的手握了皮夾在那裡呆呆地出神。她想起她的那個人，她想著他不該昨天走得那樣晚，所以今天沒有起得早，她又想著為什麼這早晨他不來送她到這裡來呢？她願意他到這裡來，給這裡的一些人看，尤其是那個有著肥白臉的人；她有著一閃之念想了如果她的那個人有好身分也有好事業，她就定然不再來奔波著了。

但是她立刻覺得自己的不是了，他不是每日很努力地工作著麼？雖然現在他們都在受著苦，可是他們已經把希望放在將來的生活上。將來的生活必然是快樂的吧！一年，兩年，三年了，都是這樣子，到十年，二十年，三十年……

在這時候電梯已經下來。在她的面前打開了門，那聲音驚醒了她的思想，她就走進電梯的裡面去。

那電梯像一個永遠在喘著的年老人，顫顫抖抖地總是發著特別隆大的聲音。可是在速度上，卻比任何一個都慢許多。到了停在五樓的那一層，從裡面走出來，看看自己的錶，是九點二十分。她想放輕一點腳步，可是在洋灰磚的行道上，卻像是起了更大的回音。她終於就在放在門前桌上的簽到簿上寫了自己的名子和時刻。

她低著頭，坐到自己的座位上去。坐在對面的一位李先生向她打著招呼，她也微微地點著頭。

桌上的文件已經堆了三四份，她就拿起來先慢慢地展閱著。

她沒有多少工作，就是所有的工作也只是一點抄繕的事情，再有就是一些頂容易的計算。像這些事，一個中學出身的人，已經可以做得很自在；可是她這在大學中曾經讀過《經濟思想史》、《中國關稅問題》、《高級統計學》的一個畢業生，卻又只分派做這一點簡單又稀少的工作了。當然是，在請了一位女職員，不還就懷了如加了一個瓶插一樣地點綴著客廳的心念而已麼。沒有希望過給她們繁重的工作，同時也深深地以為，她們也永遠不能完成一件較重要的工作。

她坐在那裡起始她的工作了，才把鋼筆放到墨水瓶裡，就覺得像是有一個人朝著她這邊走來。她想得到這是那一個，她就更不敢把頭抬起一點來，她故意裝成查看筆尖附著了什麼樣的汙物。她知道這一定又是那個肥白的臉，像是曾經在水中浸了四五天，長著濃黑眉毛的。她也知道他的頭髮每天梳得如何光滑，那兩隻眼睛如何細得像兩條線。她還知道他是每天要換一條領帶的，身上灑著怪香怪氣的香水……這一切都朝她這一邊逼近來。這在從前，她是立刻可以閃開身子逃掉的，可是現在卻不成了，雖然沒有桎梏鎖了她的手腳，像是她的一大半的自由已經沒有了。

她的心在打著戰。

「朱小姐，你今天又遲到了！」

他是說著不成腔的國語，那聲音像是用長了指爪的手在搪磁的器皿上搔著那樣難聽。不只是一種不入耳，還要使人覺得牙酸。可是他把話帶了一點嚴重性，使她不得不硬著頭皮來回答著。

「是的，昨天晚上睡遲了，早晨沒有起得來——」

「昨天朱小姐遲到，主任就問了起來——」

「唔，唔——」

「請你以後加點意才好。還有，你卜午每次都是晚來的。」

「那因為我住的地方太遠，又不大方便。」

「若是在這裡包飯不也很好麼！我們都是在這裡吃的，如果你不反對，就算上你一個吧。」

「慢點，我想，我想，我趕快點就是了。」

「你不知道主任對於遲到很注意——」

她木然地只知道點著頭。

「本來也是的，一天沒有多少辦公時間，真不該再來遲——」

她分不清楚他的字音，她知道他在無尾地說著，一串無盡的嘰咕在她耳邊嗡嗡地響著。她的手還是握了筆，可是沒有能寫下來一個字，也沒有聽見他的一句話。在這時候僕人來回著：

「朱小姐，您的電話。」

這使他不得不暫時停止了，轉過身子走去。一些把眼睛向了這邊望著的人，倉促地把頭低下去。她從座位上站起來，到外面的電話間，在走著的時候，望到他那肥大的後影，和彎起一點來的背部。

「你是誰呀？」

「玲玲麼？」

她聽得出這是那一個人的聲音，她有著像受了委屈的孩子見到母親一樣的傷心，就仔細聽下去：

「九點五分我打過一個電話給你，可是你沒有來——起晚了，昨天我不該走得那麼晚——我又遇見上次那個人接電話，他是一個沒有理性的野獸——自然我是看在你，要不我不會把他看成人的！——你覺得疲乏麼？——午飯的時候要我接你來？——好，我一定來的——再見吧，玲玲。」

她懂得那個肥白臉的人為什麼時常把粗暴的話從電話裡說給他聽，她只覺得他是太可笑，像這樣無來由的忌妒很可以收斂起來一些的。

事實上他是不會這樣子做的，當她再走進房裡去的時候，老遠地就望到了他的眼睛在瞪著。那一對眼瞪起來正像棗核的樣子，恰足以使人覺得更可笑。她匆忙地走著，不敢再朝他看第二眼，就到自己的座位上坐下。

她提起筆來開始她的工作，更簡單的事使人更覺得單調。但是她不得已，只能低了頭在那裡做著。

對這職務，早就有辭了去的心願；可是因為一時間不能有其他適當的職務，同時又感受過沒有一點事空空過著一整天的苦痛，使她就只有容忍著。而且已經離開了學校，不便再向家中求供給，這薪水，雖然是少得不可想像，也可以算做自己的一點零用。在這麼一個大都市的裡面，就是說一個人的零用，也顯著不足呢。但是她自己仍然樸質，她還有樸質而單純的心。

時候是快到十二點了，她時時看了腕上的錶，再看著懸到那裡的壁鐘。她自己的錶對著那個撥準了，細心地在看著那秒針慢慢地轉著那個圈子。她聽到外面像是有了男人腳步的聲音，她想披了外衣走出去；可是看到其他的人還沒有一個站起來，就自己又按捺住了。聽見了海關的鐘聲，就匆匆忙忙地把外衣從衣架上取下來。她想得到那些人該怎樣為她的舉動所驚訝：可是她什麼也沒有顧到，只顧到來在客廳裡等著她的那個人。

她推開門進去，果然看到是他在那裡，相互地微笑著，她嬌嬌地說：

「我早聽見你來了。」

「那你為什麼不早點出來呢？」

「怎麼好意思，別人家都還沒有動一動，這我還是第一個跑出來的呢。」

說話的時候，她彷彿看到了從辦公室出來的人經過這裡，面朝這裡望望。他們一齊背了身子，看著窗外，窗外是高低不平的屋頂，有方的也有圓的。陰霾的天，把景物襯成烏暗的了。黃浦江的輪波，正叫著尖銳得可以劃破天空的哨子。

「真討厭，又是陰天！」

「江南到冬天，反倒更多雨了呢！」

「我可喜歡北方，我總捨不得離開那裡——」她像夢囈似地低低說著。「下午要是下起雨來，我還要你來接我。不要忘了啊，聽見麼？」

「就是不下也要來的。」

「那何必呢，多跑這一趟，還不如趕快到我的住處去等我好。是不是？」

「再說吧，我們也該走了。」

「我想他們也都走乾淨。」

於是他們走出客廳的門，朝了電梯口走去，遠遠地就看見那個長著肥白臉的人站在那裡。

極不自然地他們打著招呼。

「停停再走吧。」

她低低的說著。

「那怕什麼，他還敢怎麼樣！」

「不是這樣說法，小人是最好遠避之的。」

「不要緊，要知道他是小人就好了。」

他們仍然走著，到了電梯口的時節，正巧那電梯到了，也沒有等候就走到裡面去。

那情形是有一點窘迫，他們不便再隨意地談著，只是默默地使那電梯把他們送到一層。

像逃出了牢籠似地，她自在地吐出一口氣。她抬起頭來望望天，雖然只是灰灰的天色，也像能給她無限的重生之力。她真不想再到那樣的地方，那厭人的環境和厭人的嘴臉；可是除開她自己想過的一些不能離去的原因，她也難得向他來說的。因為他是那麼看重了工作，他自己對於工作也是那麼努力著。為了工作有時候損害了他的健康，可是他還是有那麼大的勇氣，從來沒有說起自己是疲倦了。

他們一起走著，有了他的時候，她什麼都可以不怕，就是在過街的時節，她也不像每次那樣紅漲了臉，只是緊緊地拉攏了他的手臂。走上電車的時候，他也會為她隔開了別人的擁擠。

下午，因為怕再遲到了，結果是早來了半個鐘頭。她走進去，那個肥白臉的人就立刻趕過來接著她才脫下來的大衣，可是她卻搖搖頭，道了謝，自己走去掛在衣架上。他的臉，立刻變成如當日天氣一樣的陰沉了。

在她才走進來，他們四五個人是正在說著什麼，到她進到這間房子裡，他們就停止了話頭，呆呆地坐在那裡。她也感覺到很不自在，就一個人又閒踱到外面的甬道中。

像和許多陌生的男人在一起，在她真還是十分難得的。她不懂得如何靠了自己是一個女人來占男人的便宜；可是她也不知道如何處身於現社會之中。她只有好容顏，為一些人所驚嘆的好容顏；所以在才來到這機關裡，就有主任看中了的謠傳。可是，事實上是那個已經有了三個女人的主任先生，是再沒有這力量了。在注意著她的是其餘的一群人，尤其是那個肥白臉的男人，主任下的第一個高位置的人，像是有著難遏的野心。

閒立在甬道中，她聽到有人叫著：

「朱小姐，到客廳裡去談談好麼？」

聽這聲音，也用不著轉過身子去，就知道是哪一個人了。其實，她就可以說：「有什麼話就在這裡說吧。」可是為了不知道該如何說才好的原因，就只會點著頭答應著。

「今天的天氣可真——真不好。」

才坐下來，那個男人就說著。因為是說慣了好天氣的，遇到這不好的天氣，說起的時候就覺得有一點不順口。

「唔唔。」

她只是在那裡答應著，無措地自己搓著自己的手指。可是，她又想起來這也許是不合禮貌吧，就把兩隻手叉了放在膝上，還是以為不適宜，就像小學生一樣地分放在身體的兩傍。

「上次的聚餐你沒有去——」

「是的，沒有去，有點別的事，很對不起。」

「倒沒有什麼關係，不過是主任問起過一聲來。」

「我也忘記說了，那次的餐費該多少？」

「既然沒有去，當然是不必花。這次主任又要到南京去你知道麼？」

「那我還不知道，不知道。」

「就是三五天裡，到南京去見局長，要商量點增減員工的事。」

那個人故意把後半句話說得重一點，說完之後，望了她，像是等著她要問什麼話。

她仍然是漠然地坐在那裡，心中在想著：「他和我說這些話有什麼用呀。」

「所以這裡的同人想來在今天晚上歡送，在××飯店。」

他把一張簽名單送過來，那上面已經寫了一些名字，她接過來看看，像遇到什麼奇異事情一樣，她用了提高一點的聲音說著：

「還要跳舞麼？」

「對了。」

「那可不成，我不會。」

「怎麼，在上海住了五六年，連跳舞也不會麼？」

「是的，沒有學過，一點也不明白。」

她的臉紅起一點來。

他詫異地看了她，像是說：「你這樣漂亮的人還不會跳舞麼？」

「那也沒有關係，到那裡也就是坐坐談談。」

「明天還怕有別的事情——」

「不必推託吧，朱小姐，我代你簽上名。」

「也許我不能到——」

雖然是這樣說了，可是心中卻想起來不知道在那裡得知的過於固執在社會中是行不通的一句話。而且這一次，想起來說不定有著切身位置的關係。

這時候，鐘在敲著兩點了。他們一齊站起來，向著辦公的房子走去，當著走進門的時節，多少眼睛都在釘了她，那個男人顯了得意的樣子，可是她卻不自主地低下頭來。

她這樣的舉動，或是很容易引起不宜的誤會，其實就是當她一個人走進來這間房子，也不能像蕩女式的社交明星，昂了頭踏著舞意的步子的。

她默默地走回自己的座位上，使人頭痛的工作又將起始壓著她。什麼不在壓著她呢，連這空氣也是使她頭痛的。一時間她想起來不該為這區區之數而花去了這許多精神，這許多時間。可是她又時常記起她那一個人的話，就是說：「我們現在的忍苦，就為了將來快樂的生活。」但是現在所過的日子，會把她的腦子磨成平滑的；沒有一點曲折；也是能把她那在人群中向上的勇氣消磨殆盡。這裡不是靠才能的，這裡只看各人的來頭和逢迎的工夫。

「難道整個社會就都是這樣麼？」

她自己問了自己。

雖然是已經踏入了社會的圈子，對於這社會，她仍然是迷惘著。她的心中常常想了像這樣的社會，就不能被打毀，或是加以改造麼？當著每一個人從幼年到了成年，得了相當的教育，懷著一切高尚的埋想，跨進社會，想來給社會以重新估價的，慢慢地卻為社會的一切緊緊包住了，不能再動一動。雖然一切的腐敗，一切的劣點都在眼前展列著；可是手和腳是不能動了，連喊一聲的力量也沒有，只有低微的嘆息了。這樣的社會仍然屹然地存在這裡，張開了龐大的嘴，等著吞食這些尚有火氣的青年。

她知道她自己就是這樣的青年之一。雖然是知道了，也有不能自已的力量。像是陷身於軟泥之中，不知道要怎麼樣才能自拔起來。

在想著的時候，她是用手支了腮，眼睛呆呆地望了窗外。窗外是下著雨了。那雨是油膩膩地飄著，像是有一兩點飄到她的心上，就那麼附著了。她想拭了下去，可是沒有能夠，她的心是那麼陰沉著。

她像要噓盡胸中的積鬱似地長長地吐了一口氣。

這時候她知道那個長著肥白臉的人又走向她這邊來，他彷彿一直是拿眼睛釘了她，看著她的一舉一動。這次來他很體貼地問著：

「朱小姐，你有什麼不舒服麼？」

「沒有，謝謝你。」

她把臉抬起來一下立刻又低了下去，趕忙拿起筆來，匆匆地抄著放在那裡的文件。

她漸漸地覺得有熱的口氣吹到她的臉上，不舒適地發著癢，她的臉灼紅起來。她知道這是那個人故意低下頭來，她只能慢慢地把頭移過一邊去，可是他也隨著她在移動。

「朱小姐寫得一筆好趙字！」

他心不在焉地說著。

「趙什麼？」

坐在她對面的那個人故意地問著。

「趙子龍，不是，趙子良……」

他直起一點身子來說，可是所有聽見的人都哈哈地笑起來。被笑著的人臉是更白了，白得像書家用的玉版宣紙。

「趙飛燕……」

「趙匡胤……」

竊竊的私語在四周響起來，他憤憤地咬了下唇，用較重的步子走回去。

一切的聲音，隨著就息止了。

到下午五點鐘，一群關在辦公室裡的人又像得了恩赦似地從裡面放出來。她才站起來，那個有肥白臉的人就把她的外衣取過來，給她穿上。

「我送你回去好麼？」

他極力管束著自己的聲音，裝成彬彬有禮的樣子。

「不，我的朋友來接我的。」

她說完了，就朝著客廳走去。高高興興地推開了門，可是那裡面沒有一個人。一時間，她幾乎想哭出來，又慢慢地關上了，獨自向電梯口那邊走著。

「雨天真討厭啊！」

那個人在她的耳邊嘰咕著，雖然她沒有抬起眼睛看他，也知道他必是露了一點得意的樣子。

她不說話，乘了電梯下來，就在那出口的地方站立著，正巧跨進了汽車的主任，看到了她，就邀請她坐到汽車裡去。

「不，不，謝謝你。」

她還在搖著頭，主任笑了笑，舉起一下帽子，那汽車就向東邊開去了。

這時候，那個肥白臉的人也把自有的小奧斯汀從車房裡開出來，在她的面前停住。他還走了下來，又來說著：

「下著雨，你的朋友也許不來了，車子也少——」

他還沒有說完，她就看見她所等候的人從街角上轉過來了。他的手中像是拿了些什麼，急急地向著她這邊來。因為平日的短視所以還沒有看見她是站在那裡。那個肥白臉的人，望到來人，就不再說話，獨自又鑽進那矮小的汽車裡，立刻就駛去了。

走到近前，他才望到站立在那裡的人。他連連地說著：

「你等了半天吧，我沒有趕得及。」

本來對他之沒有能守時刻，是覺得一點恨的，可是聽到了他的話，卻又以為不該把忿恨給他看。

「——我把你的雨衣拿了來。」

他說著，打開了手裡的紙包。

「怪不得你晚了，你真也想得到！」

她高興地接過來那件淺綠色的雨衣，披在身上。

「——這裡還有你的一雙套鞋。」

「啊，你——」

像是她找不到適當的話來說了，趕快穿了起來。

「我的傘呢？」

「就分用我的一半吧。」

他指著拿在他手中的黑綢傘，他並沒有放下來。

「好了，我們走吧。」

她像一匹小貓似地溜到他的身旁，用手把了他的右臂，蓋在一張傘之下，起始走著了。

其實是早就知道的，可是在望了他的時節像是又想起來一番，那就是他的身子一天一天地衰弱下去的事。她知道他每天晚上最早是兩點鐘才睡，他總是努力著自己的工作。在工作之外他還自己讀著書。這樣看了的時候，她就看見了他那顯得突出來的顴骨。還有那圍了一圈青暈的眼睛。

「你還是那麼晚睡麼？」

「唔，不然就做不完一天的事。」

「以後每天早點離開我那裡，就把時候能勻出些來多睡睡。」

「可是——」

他像是有難以說出來的話，吶吶地只說出來兩個字。這時候有一部公共汽車在離他們五步的地方停下來，他們就走上這輛車子。

冬雨把寒意更濃重地帶了來，回到了她的住所，她即刻就加上一件絨衣。

「等一會你就可以走了。」

「我不願意這麼早就離開你。」

「你不該多睡一點麼，再說我——」

「你還有什麼事？」

「局裡今天公宴主任，少不了我要去一次的。」

「不是可以不去的麼？」

「這次為那個人強我簽了名。」

「就是那個人麼？」

「不是他還有誰！」

「不要去吧，我不願意你去。不願意你和那樣人在一起。」

「就是去也不是為了他，一次兩次不到，主任該特別留意起來。」

「管他那些個幹什麼？」

「怕影響了事情呢，我們不是再也不仰承家中的鼻息了麼？」

這警惕地使他想起來，他不能再積極地阻止她了。

「在什麼地方呢？」

「×飯店。」

「還要跳舞麼？」

「大概是，我不會，想著沒有什麼關係。」

「其實照過面轉身就溜掉也是好的。」

「我一定早些回來，你放心吧。」

「那我就走了，時候已經不早，你該去梳洗一下子。十點鐘總能回得來吧？」

「我想該能回來，你不用再來了，那麼晚，明天早晨給我打電話吧。」

說著再見的話，他就走出去了，她突然又趕了出去叫著：

「喂，還有點話跟你說——」

待他走回來的時候她又繼續著：

「不要把雨淋了頭髮，睡的時候多加一條被子。」

「唔，記住了。」

他高高興興地走了，寒雨溼漉漉地吹到臉上來。

轉到了大路，一輛小汽車迎面開了來，急行的車輪把泥水濺到他的身上，幾乎要罵出了口的，卻又忍下去了。

那輛小汽車在她的住所前面停下來，鑽出一個男人，在和女僕說著，想來見朱小姐。

女僕仔細地望了他，看著他那肥白的臉，便問著：

「你貴姓啊？」

「姓馬，她一定會知道的。」

女僕進去了，守在那裡的男人，就了玻璃窗整著領結。光滑的頭髮，襯了硬而白的領子，穿了入時的禮服，如一個男裝展覽中的僱用者。

她用較輕的腳步從裡面來了，遠遠的看到了電燈下他那肥白的臉，就知道是那一個，待要退回去，早為他看見打著招呼了。

「朱小姐，今天淋了雨吧！」

「沒有什麼，多謝你。」

「時候已經不早，該去了呢。我是特意來接你一路去的。」

「我想——」

想著找出不和他同行的理由，可是已經不可能了，臉急得有些紅起來。

「就一齊去吧，路是遠的，下著雨，黃包車會汙了你的衣服。」

「那就請你等等吧。」

在三兩分鐘之後，她穿好了衣服出來，走進他那僅有兩個座位的汽車。那個男人純熟地運轉著，當著向左邊彎的時節，她極力撐住身子不要偏到那邊去；可是到了向右轉著彎，他卻故意地更把他的身子擠向這邊來。她又是只能忍著，後悔著不該見他，想想那時若是要女僕問清楚就好了。可是追悔是沒有一點用，她恨著自己。

到了那飯店，她急急地走下來，可是他把車停到路傍，立刻趕到她的身邊。守門的僕役，露了和藹的笑，接過去脫下來的外衣，就放在一起了。她想說一句什麼話，又沒有能說出口，只好隨了他冉走進去。

這裡對她是生疏的地方，從也沒有來過。華麗的屋飾和光耀的燈在使她覺得一點頭暈，而那光滑的地板，使她在走著路的時候，永遠不敢放大了步子。

他們走向那一群同事之中，平日都是那麼看得慣的，這晚上都不同了。那一群人也把眼睛向了他們望著，覺得一點驚奇；而那個肥白臉的男人，故意顯出他的驕矜來。

他們招呼著，然後都就坐下來。

這裡有這麼多發亮的東西，照了她的眼睛，刺了她的神經，她覺得自己說起話來是那樣的不自如，笑起來也不成樣子。她是有些失措，不知該怎麼樣才好。那像鬼哭的音樂又起來了，她真是覺得起坐不寧了。當著那被歡送的來了，旁人站起來，她也站起來，可是她又想著不該那麼快坐下來，又站了起來。但是隨著大家又坐下來。她彷彿記得吃了一餐飯，她隨時都把眼看了旁人，而那個肥白臉的人三番五次地獻著殷勤，把一些東西送到她面前。有些她真是不喜歡要的，可是又不大好意思拒絕了他，也就留了些。在吃著的時候她沒有能細細地咀嚼，很快地就嚥了下去。她早就起始感到不舒服了，可是她還只能容忍著。

後來那個肥白臉的人來求過她的合舞，她回答著不會，這是真話；可是那個人又說跳舞頂容易，只要試上一兩次就可以，而且他就可以把她教會了。「那麼來就來吧！」她自己想了，她就站起來，那個男人抱了她的腰，拿了她的手。她想縮回過來，可是又晚了。她幾次把腳踏到他腳上，還有幾次幾乎跌到地板上去，那個人拉她起來，一個影子在她的腦子裡一閃，她就想著：

「他自己現在做些什麼呢？」

可是一聲大鼓立刻把她的想念震破了，細長的銅喇叭正朝天響了怪調子；她是昏迷迷地在那裡轉，一些人和一些柱子都在她的眼前旋動，當著音樂停了，她的腿差點軟下去，那個人扶了她走向座位上去。

她實在不能支持了，她的頭伏在桌上，有的問她：

「覺得難過麼，朱小姐？」

「還好，還好。」

在說完了的時候她就抬起頭來，像是有一群金色的星星，在眼前浮動，隨又疲憊地垂了頭。

到從那裡出來的時節，為夜風吹了，她才覺得一點清醒。原想叫一部車子的，伴了她的那個人又說著還是由他送回去吧。

天還是下著雨，啊，不是雨了，是細細的雪粒。

她只好又坐到那小汽車的裡面去，夜是更寒冷了，她拉起來衣領。十字路口的紅燈的光寂寞地照在地上，日間的喧鬧像是也安眠了。

「朱小姐，你冷麼？」

「有一點，不大要緊。」

她覺得從背後他伸過來一隻手，她立刻強橫地用手推過去。

「請你放莊重一點！」

「這樣子你可以暖和些。」

「謝謝你，我不用。」

那個人的手仍然想攏了她的身軀，她更氣急地說：

「再來我就要喊起來。」

那個男人縮回去，嗤了鼻子笑一聲，像是說著她的不識趣。無論如何，總幸運地是在平靜的情形下，回到了她的住所。

本來是要道謝的，卻什麼也不說筆直地跑進去。迎在那裡站立的是在想念中一閃的人，他的臉紅著，用沉重而哀忿的語氣說著：

「我知道你一定要坐那個人的汽車回來，現在，我才知道你為什麼要我每天早點離開你，我明白了，我明白了，你看，這是什麼時候？兩點半鐘，你剛才回來。難說一頓飯要吃得那麼久的時間？——」

她聽著，她一句話也說不出來，可是眼淚都滿了眼。他望見了，停止了說著的話，把她抱在懷中問著：

「怎麼了，玲玲？不要不說啊，你該告訴我，告訴我，……」

她立刻把頭俯在他的肩上嚶嚶地哭起來。她像是有千萬種的冤屈在心中，她哀傷地哭著。

「我要辭掉我的事情了。」

「為什麼呢？」

「我不要幹下去。」

「玲玲，為了我們的將來還是要忍苦的。」

「是麼，這是為了我們的將來？」

她睜大了眼睛，把頭抬起來問著。

「是的，你該忍下去。」

猛然地又把頭貼到他的胸前哭起來，他的兩隻手臂，沒有那力量使她那打著抖的身子安靜下去。他的眼睛裡也滾出兩顆淚珠來。

細細的雪粒，為風斜著吹到玻璃窗上，響了低微而又密雜的聲音，像永遠也不會落得完的了。

蟲蝕

第貳

「為什麼他要離開我呢？為什麼他還不回來呢？」

這樣的兩句話，幾乎是為她憤慨地叫出來了。但是她知道她未曾叫出來，和她睡在一室的梅並未為她驚著醒轉來，或是在床上翻著身。這是她心中的喊叫，只有她自己才清楚地聽到。可是她的心，卻一直是為憂煩深深地抓住。

當她回到所住的地方來，立刻就脫去衣服，睡到床上；時候已經是不早了，她也即刻關了燈。她是感到十分的疲乏，很早就殷切地希望著一個休息，腦子是昏昏的，還有一點脹痛；在這時候她聽到了敲著三下的鐘聲。

「已經是三點了啊！」

她低低地自己說著，已有的睏乏，卻不知到哪裡去了。她的眼睛很自如，在大大地睜開著；才自沉下一些的心，又復為一切的事情攪亂了。她並不情願這樣，她還是要立刻能得著安睡，可是她清醒著，她咒罵著自己，翻著身子，數著數目，到末了只有抓了自己的頭髮，她仍然不能睡著。

這樣子，那個長了肥白臉的人很快就在她的幻想中出現，那個臉，白得如石灰刷過的牆壁，繃得緊緊的像一張鼓皮，最初是使她怕著的；至少，也是使她厭煩著。而且那一對小小的眼睛，足以充分地顯出來他的卑下與貪慾，一見之下，就給人以猥瑣之感的。可是他卻有獨到的溫柔，在近些大來，更為她所覺到了。他懂得如何使女人高興，在先她會罵著他這種過分的諂媚，但是到了身受之後，卻覺得他是那麼體貼入微。他能使一個女人和他在一起的時候不皺一皺眉頭，因為他能安排好一切的事，隨著他的女人也可以不費一點思索，順序地做著所要做的事。他的聰明與他幾年在黃金國努力之成就，該使他如大多數的留學生一樣，有著才能的餘裕來使女人們高興。而且他那百折不撓的精神，有著蚯蚓掘地的毅力，來感動任何一個女人也是十分容易的事。她已經知道了如何由於他的關說，她的月薪才增加到一個較高的數目，如何再三再四地為她所拒絕也絲毫不顯出怨恨來，漸漸地在她的心中就有了：「難得的好性子的人啊。」的評語了。像一條餓狗一樣，他也正在千方百計地想著攫取懸在空中的一節肉骨。

那個人，幾年中與她以單純的心相戀著的，在這時節卻為了工作到遼遠的南方去了。

對於工作，那個人有著無上的努力，他能忍苦，幾乎把自己也忘掉了地經營著。他從來不曾顧及一天一天壞下去的身體，他有過連著幾夜也不睡的事；雖然對她的愛戀仍是那麼篤誠，有時候對於他的工作也引起來她的忌妒。

「你會為你的工作而忘卻我的！」

用著埋怨的眼睛望著他。在他只能苦笑著，說她這只是無用的過慮。

「你什麼時候才可以回來呢？」

當著這一次他們分別的時候，她曾這樣含情地問著，他的回答卻是用他的嘴蓋上了她的嘴，低低地說著：

「春天回來了，我也就回來了。」

終於春天不是來了嗎？可是他呢，歸期還是為她所不知呢！在春天，景物中鑲滿了美麗的花，柔柔的春風，吹皺了每一個少女的心了。而當著這樣的一個春夜，她為不眠所擾，是更深切地想到了離開她遙遠的人了。

她可以說，在這春天裡，她是需要他的擁抱。書間的辦公室，是使她感到體質上的疲睏，而獨處的暇時，卻使她深味著精神上的乏力了。但是他沒有在這裡，她憂鬱著。在這夜裡，隨著一個懂得如何體貼一個女人的那個長了肥白臉的男人從一家舞場走回來，她是更清晰地想起那個人了。她自己覺著這對於他是不忠的，這種貿然的行動會引起將來不幸的事件，但是著惱的春天，像蟲子一樣地咬著她的心。在這春天裡，要她如何能忍得過去呢？

她想著只有他立刻來到她的身邊是可以使她把心安下去的；可是他為什麼不回來呢？春天不是已經很濃地潑到一個人的心上了麼？

在這時候她覺著睡眠是十分需要的了，她又翻了一個身，但是想努力去追尋睡眠卻成為一件困難的事了。

綿綿地，絮絮地，窗外落著的雨在溫柔地撫摸著受盡冬日寒冷的檐瓦了。春日的雨如真情的眼淚，不只能溼了人的衣衫，還能甦醒人的摯情。那些被遺忘的，埋在土壤之中的，漸漸地能有著新的滋長，將把綠的葉子伸出來，再托出來各色的花苞，用沉靜的語言來說著：「春天是來了。」的話。

從開著的窗口飄進來一絲兩絲的雨點，打在她的臉上，是那樣子清新而快意的，啟發了她更大的精神，她用手掌輕輕地撫著，從下額到了上額，整個的臉都有著涼沁之感了。她感著無上的興奮，生命的活力在她的周身跳躍著，她高興地叫了一聲；但是頓然間她又靜下去了，在她的心中想著：

「為什麼我要這樣子呢？他不是遠遠的離開著我麼？我需要沉靜，我需要沉靜，像火一樣的情感對我已經不適宜了，我是已經有了相當的寄託，他是那麼一個好心人。」

於是她跳起來，把腳伸在拖鞋裡，跑過去把窗門關了。可是這時候，同室的梅卻為她驚醒了。

「那一個？」

「是我，梅，你醒了麼？」

「慧玲啊，怎麼還不睡呢？」

「睡了一陣子，從窗口飄進雨來，起來關上窗子。」

她又回到床上去，把身子伸到綿被裡，把散到面前的頭髮又用手掠到後面去。

「你什麼時候回來的？」

「總有兩點鐘，陪著從南京下來的哥哥去看電影——」雖然梅還沒有問到她是和那個人在一起，她也不經意地用謊話來解釋著，但是她立刻想到這還不能說到為什麼這樣晚才回來的原因，就又接著說：「過後哥哥找我到一家咖啡店去談談話，不知不覺就很晚了。」

在以前，她是迥異於那些都市的女人們慣於把謊話像安靜的溪流一樣地從嘴裡流出來，可是到現在，就是和與她有著十三四年的友誼的梅的面前，也能自在地說著了。那第一次，她總還記得起來，就是因為應了那個長著肥白臉的人的約去看電影，到回來時，為梅問著，卻回答著是和梅也熟識的那個人同去。這全然是為了使梅還能尊敬自己才這樣做的，但是漸漸地，對於這一道成為十分熟習的了。

「現在是什麼時候？」

梅轉著身，打著疲倦的呵欠。

「有三點多了。」

「呵……」

梅輕輕地嘆息著，作為給她的回答，隨即不說一句話，又沉默下去了。而不久的時候，她聽得見梅的平勻的呼吸，很快地，梅是又睡著了。

夜是將盡了，像踏盡了人生的路，到了將殘的老年，自自然然就有無盡的疲睏似的，在這時候，她也睡著了。

好像才睡著了，耳邊就有人喊著她的聲音，張開眼睛，就看到是捧了一個花束的女僕。

「朱小姐還不起身麼，都九點一刻了！」

「啊，有這樣晚！」

她揉著眼睛，坐起來，看見梅的床是早已收拾得很整齊，人是不用說，已經去辦公了。

「這是今天早晨送來的，還有一封信。」

女僕指著手中的花束，隨著把一封信給了她。她高興接過來，可是看到那字跡，她的意念是很快的灰冷下去了。她吩咐著女僕。

「把花放到案子上吧！」

她把信塞在枕頭的下面，等到女僕走出去了，她即刻就把那封信一橫一豎的撕破。碎的紙片散亂的落在地板上，她也隨即起身，穿了拖鞋，快意地用腳踐踏著，她走到案子那裡，把那個花束隨手就丟到廢紙簍裡，她很高興地望著窗外，仍然是一個落雨的春天。

她隨即跑到另外一間房子去洗完了臉，回到房裡來，敏捷地穿起衣服來。突然不知有著什麼樣的心念，使她把散在地上的殘紙拾起來，細心地又拼合起來，這樣她又讀得出信中的句子：

「朱小姐！我送你這一束最高價值的花，是用以紀念你的聰明與智慧的。」

她於是匆忙地又從廢紙簍裡又把那花束撿起來，那雖然開著小小的花朵，卻有著鮮豔的顏色；近到鼻子的前面，她就嗅到一種淫佚的香氣。

「這時候，能有這樣好的花，也真是難得呢！」

她喃喃地自語著，一時間都捨不得放下了它，她高興地把案上的空瓶注滿了清水，把花束就插到了那裡面。她三番五次地用手弄著，看看要怎樣才能更好看一點。

偶然間把眼望到了牆上的壁鐘，長針和短針放在九點與十點之間的一條線上，她不得不趕快著把衣服都穿得齊整起來。她匆匆地取了錢包，朝著樓下才走了一半，就記起來這雨天裡，該穿起的雨衣和該用的傘。她不得已重複跑上來，披了雨衣，拿著傘，就又跑下去。出了門，就撐起傘來，用較快的步子，在路旁走著。她才走出來這條小路，就有一輛小汽車，滑到她的面前站住了。從那裡面，就探出來那張肥白的臉，向她說著：

「朱小姐，請你坐到汽車裡面來吧。」

「唔——」

她才要說著什麼話的時候，這個長著肥白臉的人就把左側的門推開了，隨又說著：

「這樣還能快一點，就要到十點了。」

她也不再說話了，就坐到和他平排的那個座位上，汽車靈活地轉了一個彎，便急速地向前駛行著。

「我還忘記謝謝你送來的花束。」

像突然想起來似地，她就把這樣的一句話說了出來，隨即她的臉紅起一陣來。

「不值得說起的，現在的季節，不大有頂好看的花，雖然價錢也不小。」

他滿意地笑著，在圓滑地運轉著汽車的轉手。他身上的香氣，因為是太過分了，反成為一種惡臭，在刺激著她的腦子，使她感到十分的不舒服。

「馬先生為什麼也這樣晚才去？」

「我麼，我是早已去了的。」說到這裡他頓住了，因為有一個愚蠢的行人橫斷著馬路跑過去，他不得不把全部的精神放到行駛上面去，立關塞住閘。那個行人是更慌張地跑了過去，這使她的心猛烈地跳著，車停下來的時候，她把手扶到前面的玻璃上。他用粗野的話，罵了那個行人一句就又繼續著。他又接著用清閒的語調和她說：「我沒有看見朱小姐來，以為是生病了，就抽個閒空來看你。」

「病倒是沒有，就是咋天晚上睡得太晚了，早晨沒有能起得來。」

「也好，我來一趟，省得朱小姐淋得一些雨。」

「那倒沒有什麼，春雨不會像冬天那樣使人厭氣。」

「唔唔，春天是好的。」

再轉了一個彎，汽車就在她每天要來辦公的那座樓房的面前停了。她走下來，拉拉衣服上的皺褶，走進了門。當著她工站住那裡等候那個響著隆隆聲音的電梯下來的時候，那個長著肥白臉的人也趕著拉開門跑進來。看著她，他不自然地笑著，露出來那顆金黃的假牙。

「朱小姐的雨衣還忘記脫下來了呢。」

「可不是，真的忘了。」

她說著就脫著。他拿過去她手中的那柄傘，還沒有等她把雨衣脫到手中，他就接了過去。

「還是由我來拿好了。」

「沒有關係，請走進去吧。」

這時她回過頭來，才看見那個電梯已經落下來打開門等著她，她就走了進去。

「我來得太晚了。」

「沒有什麼關係，我已經替你看過，你今天沒有什麼事情的。」

電梯在五層樓的口上又張開，他們就又走出來，向著那間大辦公室走去。走進門，她先在簽到簿上寫著名字和時候，就朝著自己的座位走去。她沒有敢抬起頭來，她知道有許多人望著她，她好像還聽到別人說到她的私語，她的臉紅紅的，也只好忍著了，坐到自己的坐位上去。

所謂的「工作」，又在起始和她面對著了。

她不喜歡這工作，並不是因為它的煩難與累贅，卻是因為它是太平常了，太不能引起一個人的興趣了，才使她更深深地感覺到無味。她曾再三地和那個人——那個正在和她遠離的——說起過，她實是厭到極點了，不願意這樣把自己的時間這樣花費下去，可是每次他總和她說著要忍耐的話。要到什麼時候她才可以不必再忍耐下去呢？而且她自己知道，很早就知道，為著兩人間的幸福，她是應該離開這裡的。

「離開這裡到哪裡去呢？」

說到離開，每次就會想到離開以後的問題。而且三月前，當她加薪的時候，那傭人也曾高興地讚揚著她的能幹，在那時候，她記得她說過更要離開的事。但是聽到了那個人用懷疑的句子問著到底是為了什麼緣故的時候，她覺得又是沒有什麼話好說了，只有背過身去，為他一點也不覺察，擦去眼睛裡盈滿的淚。

於是她是每天要到這裡來，做著相同簡單，枯燥的工作；就是這春天裡，每一株楊柳都在抽出來新嫩的細條的時節，她也要在同一的情況之下沽著。橫在眼前的是一些數目字，還有那以死的形式傳達出來不同的事情的上行下行公文和信件。再抬起些眼睛來就看見同在這一個辦公室的人，男的女的老的少的，誰也不像是為這事業來努力，都是鬆閒地，把眼睛溜來溜去，皺著眉頭來想時間是如何可以更快一點過去。

她懶懶地拿起一張公函的草稿，隨便地看過一次，就從抽屜來拿出信紙來，平整地鋪好，起始抄寫著。但是今天，和往日有些不同，她沒有能夠順利地寫下去。她自己覺得寫出來的字是太看不過去，一張兩張地換著，幾乎已經用掉六七張信紙了。這引起她的怒氣，憤憤地把筆一丟，兀自坐在那裡。她把手臂交叉在胸前，手掌夾在腋下，望了窗外的景色。在這幾層樓的上面，所能看見的就是其他的樓房，和落著雨的灰灰的天。但是任著她的幻想，她知道外面是春日的天，春日的風斜吹著春日的雨，她真想跳到外面去，讓春風為她梳理著頭髮，讓春雨為她洗浴著身子；突然間她卻想著：

「在南方也是落著雨麼？」

在懷念著那個人的時候；就想到是不是他仍然要披了雨衣，在雨中行走？她清晰地記起來如何他的發尖滴著水點，一張高興的水淥淥的臉蓋在頭髮的下面，像孩子一樣地笑著，就以溼溼的身子趕上來想和她擁抱的情況。那時候她記得立刻躲著他，要他脫下雨衣去；可是現在她卻以為怎麼不可以呢？來吧，來吧，她在等著他了。

過來的人卻是那個長著肥白臉的，他把那張草稿拿在手中，低低地和她說她不必再抄寫了，他可以去找另外一個人去做這件事。

「那怎麼可以？」

「不要緊，也就要到吃午飯的時候了。朱小姐為什麼不在這裡包飯呢？」

「想到包了，這個月那邊還沒有滿，每天跑來跑去真也是厭人！」

「今天午飯就不要回去了，隨便到什麼地方去吃一次。」

「那好麼？」

「不必客氣，就是這樣子吧。」

雖然沒有說出答應著的話，可是她也沒有加以拒絕，舊日的經驗告訴她每天一個人默默地嚥著飯，是再無趣也沒有的事了。她的食量漸漸地減少，想著已經是有些瘦下去。在以前那個人能伴了她，使她有著好興致；但是現在呢，面了她的不是白的牆壁，就是空的位子。這空虛之感填滿了她的胸間，她想著那個人，可是他並沒有來到她的身邊。有時候她是恨著他了。

在這一日的工作之後，她急急地逃出了那間辦公室，踏到街上，才知道雨是停了，從西方的天邊，也有陽光漏出來了。雨後的太陽，是溫煦而柔美的，為細雨所沖洗過的街路，給人以清新之感。在這時候，她自己覺著異常的輕鬆，她像孩子一樣地邊走邊跳著，在這興奮之中，什麼她都忘記了。

走到路口的停站那裡她搭上電車，在電車裡她望著那些春天裡特有的每個人的含笑的臉，她覺得自己也在微笑著；但是卻覺得寂寞地，像一個陌生人。她張望著。這裡她看不到一個相識者，於是她又收斂了笑容。

電車到了她該下去的那一站，她沒有走下去，她有著到公園去轉一轉也好的意念。電車到了盡頭，她才隨了所有的乘客，都走下車來。

走過一節短短的路，就到了××公園。她買過票，走進去，濃郁的草的香氣立刻為她聞到了，這像能引起她的什麼樣的記憶似地。她把眼睛抬起來，盡有不少的人在這裡在那裡；可是像她這樣一個孤身的女人，卻只有她一個。她用遲緩的步子，沿了那細石鋪成的路走著。

在這裡，是更能使人知道春天是如何邁著步子向人間走來。嫩綠的草茅，從枯莖的中間鑽出來，附著的雨珠，在斜陽的下面亮著小小的光閃。而抽出新枝的樹木，溫柔地在空中蕩著，新的葉子，像嬰兒健壯的小手掌，有的還在緊緊的握著，有的是已經張開來。在林間穿著的飛鳥，翻上翻下地追逐著。

她走到一張長椅上坐下了，這裡是對著一個小的池塘，她靜靜地望著那凝住一樣的水面，看到了池畔樹木的倒影，堆在天層上的一層的白雲，就是一隻兩隻飛著的鳥，也映下了牠們清晰的影子，這使她回想著兩年前的一個時候，他們都住在近城的鄉間，時常是坐到小溪邊的石階之上默默地望著流過去的水和水中所現著的景物。有時候是呆呆地看著一片蘆葉，憑了自己的幻想織成一些美麗的夢。那夢好像是要使那小小的蘆葉成為一隻可容兩人的小船，他們偎倚著坐在裡面，順了溪流緩緩地流著，流到不為人所知的地方。在那裡他們活著，以不為一般人所體味到的感情活著，像仙子一樣地輕逸不為一切人世間的喜愁所動。這也真就是一個夢，一個無著落的夢而已。可是即使只是一個夢，他們也能在片時間得著空幻的滿足，當著生活已經是一筆一畫地在他們的心上鏤刻過，連這一點美妙之感也沒有了。坐在這裡，除去使她追想起往日和往日的事之外，也只是覺得茫茫的。這茫茫之感，會更重地壓到她的心上，這青青的天，這美好的景物，……一切使人驚訝著的，在她的眼睛裡都只留著單調的彩色，沒有活力也沒有生命，是那麼空空的，引起她的煩厭，她立刻站了起來。

「朱小姐，你也在這裡！」

她才轉過身去，就聽到一個頗熟習的語音在背後響著，她回過頭去，望見是那個長著肥白臉的人。

「馬先生，才來麼？」

「是的，你不再坐坐麼？」

「想回去了，時候已經不早。」

「才不過六點鐘，稍坐一下吧。」

她沒有再說什麼，就又坐下來；那個長著肥白臉的人也就坐在她的身傍。

「抽菸吧，朱小姐。」

「謝謝你。」

她抽了一支出來，那是有著精美外形的高等紙菸，熟練地在自己的指甲上頓著。那個長了肥白臉的人立刻把一根劃著了洋火湊過來，就著那個火她點起來抽著。

他自己也點起一根來。

在把一口菸吸了進去之後，她覺得胸中有一點朗然了。她熟練地吸著，只有很少的菸從鼻子裡噴出來，她想到了那個人曾如何地說著她，為了這種嗜好。

「沒有回到住的地方去吧？」

「我是一直來的，我想著雨後的公園該好一點。」

「唔，是的，人也真是不少啊！」

這時候她望著過來過去的遊人，沒有再把奇異的眼光來望著她的了，一些人還顧到他們的一點方便，故意不走近了他們的那條路。

她懂得這是怎麼樣的誤會，可是她並不因為這樣，就不高興起來，她想著：春天裡的一點任性是該寬宥的。

「朱小姐常是一個人，不覺得寂寞麼？」

「還好，慣了也不覺得什麼。」

「我想。」他說著，停了一下，把眼睛抬起一些來望著前面，可是落下的太陽筆直地照著，雖然是不十分強烈，他也不得不把眼睛瞇著成為兩條細長的線。「這麼許多年我可懂得什麼是寂寞。」

像是傷感似地，他吐了一口氣。

「馬先生是一個人住在上海麼？」

「自從離開家我永遠是一個人。」

「為什麼不娶一位太太呢？」

把這樣的話說出了口，她就覺得了有點不宜了，她的臉紅起來。

「沒有適當的人，就是有理想的人事實上也難得成功的。」

「你要什麼樣的，我可以給你介紹。」

但是他並沒有接著說下去，坐在那裡在看看自己的衣鈕，終於說出來了：

「像朱小姐這樣才好呢。」

一時間，她不知道該如何回答是好了，她知道有多少人曾經為她的好容顏所傾倒，而勇於在她的面前說出來的，怕他是第一個人了。她有點高興又有點畏縮，和她愛著幾年的那個人的影子還是清清楚楚地印在心上，她不會為了一時的愚昧就丟開他，雖然這個長著肥白臉的人有著更好的地位和前途。但是現在她該和他說些什麼呢？立刻就把氣憤的臉色顯出來麼？或是痛快地罵著他的非禮？不，她知道她不該再像那樣不大方；可是就和他說：「好吧，你就以我為你的對手吧！」不只是難以出口，也覺得有些對不起那個人。那麼在這春天裡，不必說什麼話，有點過分的行為，實在是該寬恕的呀。

為什麼他還甚那樣愚蠢地坐在那裡呢？在以前所覺到他的油滑，還追不上一個少女奔馳著的情感，他像是在等她的話，於是她說著：

「我是頂不行，有更好的再替馬先生介紹吧。」

這是不是他所需要的回答呢？像是還要把什麼話說出來的，終於沒有說出來。天漸漸地暗下去了，覺得該走了，便站起身來，他在這時候卻和她說著，就隨便在公園附近的飯鋪吃夜飯也好的話。

她並沒有回答，只是隨著他走，出了園門，就走進對面的一家以「野蘭花」為店名的飯鋪，當著他們撿了一個桌子，立刻就有一個妖冶的俄國女侍來招待，因為看見不是單身的男客，露了點不高興的樣子走開了。

吃過了晚飯她又被請著去看影戲了。

當她走回所住的地方，又是近十二點鐘的時候了，她的心在跳著，自從在映演之間那個長了肥白臉的人緊緊地握了她的手，她的心就跳起來。那是熱熱的，強壯的男人的手，她曾經想縮回來，但是沒有能如願，一直到她一步步走上樓梯，還好像為他的手握著。她覺得自己柔弱得沒有用，她有一點追悔；可是她想著為什麼他不在這春天裡回來呢？

走進臥室的門，已經睡到床上看著書的梅回過頭來望了她，似乎是用了幽嘆的語氣向她說：

「你才回來呀！」

好像梅已經知道了一切的事，她覺得些窘迫，心中想著：「我如何解釋給她呢？」但是她是十分地疲乏了，需要著休息，幾乎是連張一下口也不願意，她向著自己的床走去。

「案子上還有你一封信呢。」

「啊，是上午來的還是下午來的？」她一面說著一面向著案子走去，「在那裡，怎麼我找不見呢？」

「就是壓在那瓶花的下面。」

像是有一點不耐煩地梅回答著。

「是的，找到了。」

她才把那封信拿到手中，心就又起始跳著。她知道這是那一個人寫來的，往常是以充溢了喜悅的心來讀著的，在這晚上，於喜悅之中是夾雜了些什麼樣的情感，她不知道那是悲傷，或是憂鬱，好像這都不十分洽當，她只是想到哭。

用微微戰顫著的手，她扯開了信封，抽出來裡面的信紙。她起始讀著⋯

那是以密密的字跡寫了三張紙的一封信，寫著因為有過一件要緊的事，三天沒有提筆寫信了。寫著不知道這三天裡她是不是覺得很寂寞。寫著春天在南方是更早地來了。寫著隨了春風，他的心是每夜要飛到她的面前。寫著若是她在夜中醒轉來，覺著風的溫撫，那就是他的手掌或是他的嘴了。寫著在昨夜，他看到了展瓣的玉蘭；寫著他想起了先前的約定，就默默地站在花的前面，寫著剛好也是有月亮的夜晚，寫著彷彿嗅到了她那如草一樣的氣息，寫著就是在離別之中，能憶想她的音容，又有著往日的憑際，也覺著滿足了。寫著不知道是不是她也守著舊日的話，像他一樣地在花前想著在遼遠的南方的他呢？寫著想到歸期覺得是很對不起她了，寫著這也好，戀著的男女也是需要別離的，寫著因為這樣才可以知道是一時的衝動，或是真摯的情愛，寫著要克服眼前的苦才能得到將來的甜美⋯⋯

沒有把這信讀盡，眼淚已經流滿了臉。她想忍著，可是沒有能忍得住。

「怎麼，玲，有了什麼事？」

才是睡著的梅為她驚起來，走近她的身傍，曲意地安慰著她，但是她沒有什麼話好說，她只是哭著，大聲地哭著。

漸漸地她止住了，倚在窗口，臉向了外面，月亮已經過了圓的時節，卻仍有著大的光輝；而窗下的玉蘭，已經落盡了，卻在枝椏間生出來暗綠的葉子。

「啊，晚了，春天！」

寂寞地，空幻地，她嘆了一口氣。

隕落

若是使一個女人自由自在地在一個大都市中活著，只要兩個月或是三個月的時間，就能使人驚訝著對於變換一個女人，（這變換不只是說顯露的外形，甚至於包含了天賦的性格，）這個都市有著多麼偉大的力量。說是在大都市中求生活不是一件容易的事，那只限於男人的這一面，還是一步步地愈走愈艱；女人呢，當著她們第一步踏進了這樣的社會圈子，也許會皺皺眉，但是漸漸地就能知道有其他易行的路在面前陳著，只要是點點頭，就可以覺得生活並不是一件困難的事。如果是一個好看的女人，則能有更多的選擇，就有一般女人以為舒適的生活來抱住她。一個女人為什麼不喜歡安逸呢？要繁雜的工作使自己更快地衰老下去是為著什麼呢？活著是為受苦的麼？任何的女人都懂得如何來回答這些問題的，於是張開眼睛來看看吧，這近代的偉大的都市不就是在眼前麼？這裡有直矗入天的建築，有全無聲息而在路上急速滑著的一九三四年式的汽車，從辦公室出來，用不了走幾步路，就可以把你送到西區的住宅。那又是安適的所在，幾乎像雜誌中以彩色印出來的理想的家庭建築，於是什麼都預備好了，不必說一句話，也不用一線的思慮。在街上，兩傍的商店以全力來布置著窗櫥，什麼都是最好的，等在那裡，只要有錢，就什麼也可以得到。若是覺得疲乏了，或是感到生活是太煩悶了，也有多少種不同的娛樂可以使人高興。沒有愁苦也沒有困難，生活是快樂而安適的。這才是理想的生活，為大多數女人所欽羨的生活，若不是對於自己就懷著不滿的人，誰會拒絕這樣的生活呢？於是像行走海灘的軟沙上一樣，走一步陷一步地一直到掩沒了自己整個的身子。在中間，也許想著過拔起來的，可是已經沒有那力量，沒有來支持身體的附著物了，只好是任著沉下去，到沒有一點影子的時候。那是走到另外的一個世界，可以說不好也可以說好的。生活的方式是不同了，原來質樸的性情也可以變成煩燥了。見了生男人是要紅起臉來低下頭去的，也能在一堆男人中使著適宜的手腕，要每個男人都以為她是對於自己是最好的。

給了莫大的信心，他和慧玲相別有著三個月的時間。有了三年的相戀了，除開了未曾有著本能上的某種行為，全然如夫妻一樣地，也不該有著什麼樣的疑懼了吧。幾年間以純樸的心來交結，為所有相識的人所欽羨；能安然地自滿於自己單純的生活中，也是為人所驚異著。但是這一次，他是為了什麼樣的緣故離開她到南方去了，想著那些戀情，他是欣然就行的。在分離之中，把相思寫在紙的上面，附在夢的翼上，憑於遙想的足間；雖然是漠然寡歡的日子，也有這些露珠使得他們相互地感到還不是死一樣寂寞的日子。於是他自己，在工作之外是安靜地生活著，有時是閉起自己的眼睛來，遙遙地憶畫著她那圓圓的臉，和笑起來的時候有著什麼樣的笑渦。

想到了歸去的時節，已經是春之尾在做著最後的搖曳的時候了。

才一想到歸去，心是如箭一樣地老早飛到她的身傍，偎著她的臉，倚著她的身子。計時計刻地在心中想了，反不如沒有想到相見時那樣的安逸。到得船靠了碼頭，他是第一個搶了上去，喊了一輛車子向著她的住所去。

坐在車上，他張望著兩傍的景物，仍然是叫囂的街和喧鬧的人群。都是像莫知所為的向著這邊，向著那邊。車在她的住所門前停下來。

所住的地方，是為在這個城市中職業婦女的方便而有的寄宿舍。這裡他是走慣了的，他下了車，徑直地到了會客室。

「您來看那一位？」

一個女僕從裡面出來向他問著。

「去看看朱小姐在不在？」

「請您等一等。」

那個女僕說完就走進去了，他獨自留在那間房子裡，快樂而興奮的情緒填滿了他的胸間，他不能靜靜地坐下或是站在那裡。他在用眼睛找尋著哪一個角落裡是合於他們的擁抱而不為別人看見，還在想著用什麼樣的話來訴說三月的離情。

他聽見樓梯響了，可是走下來的仍然是那個女僕。她向他說著：

「朱小姐沒有在。」

這立刻就使他覺得驚奇了，這不正是晚飯的時候麼，她一定不會到什麼地方去的。

「你沒有到吃飯的地方去看看麼？」

「統去過了，她沒有在。」

女僕顯出一點不耐煩的樣子來了。

「她每天不在這裡吃飯麼？」

「也不一定，多半是在外面吃的。」

那個女僕說完了話就想走進去，可是他叫住她，說他要寫一個便條由她帶進去。

他從衣袋裡取出一張紙來，就以鉛筆寫著他是回來了，住在從前住的地方，若是回來的話，就打一個電話來，不然在晚間，也許再來看她一次的。

「謝謝你，請你千萬交給她。」

女僕帶了毫無表情的臉色接過去，他拿起了手提箱，就又走了出來。他叫了一部車拉到他所住的地方。那是一個男人宿舍，還有一間房子為他留著，他走了上去。相識的人，以微笑和他打著招呼，他也想笑著來的；可是他自己覺得肌肉的滯鈍，他知道他沒有能做成笑的樣子，就是做成了時也是那麼不自然。他急忙地鑽進了自己所住的地方。

在最初，他還想到一路去吃一頓晚飯的，他還想到要些什麼她所最喜歡吃的菜，在飯後呢，他們可以到公園去，如往日一樣地坐在那長椅之上，爭看穿過樹葉的月光，為那一個的身上印上更好看一點的花紋；但是他仍然是一個人，他幾乎連晚飯也不想去吃了。他沉在沙發之中，以手托著下頦，毫無邊際地他想著她的一切事。

每一次聽到電話的鈴聲，他立刻就諦聽著，他以為或許是她打來的電話；卻一次兩次地失望了。強自忍下去的焦灼像是抓著他的心，他站起來又坐下去，在斗室之中走來走去。他的心一樣地他也是不能寧靜下去。

像忍了一年的歲月似地，看看錶，居然到了九點半鐘。他又走出去，一步踏到街路上，才覺到已經在落著的細雨。他扯起上衣的領子來，急急地在雨中行走。因為想得快一點，他趕著到停站去搭電車。

上了電車，走了一程又下來，只有三五十步的路，就到了她的住所了。他膽怯地走了進去，想著她一定是回轉來了，可是萬一沒有回來該怎麼樣呢？無論如何他還是走進去了，又是那個女僕出來。

「您不是要看朱小姐麼？」

「是啊，……」

他興奮著，他像是不知道說些什麼才好。

「她還沒有回來。」

「啊，一直就沒有回來？」

他的聲音低下去了，一切的興致頓然都消失了。

「沒有。」

女僕說完就轉身走了，他呆呆地站在那裡，他模糊地聽到壁鐘在響起來了，那是正在敲著十下。他知道這裡是不能停留了，就以懶懶的步子踱了出去。他像是忘了自己，不知道是該到左邊去或是右邊，突然有人叫著他：

「李先生，什麼時候回來的？」

他聽見了，停住腳，他想不出是那一個人在叫著他，不十分清楚地他看到一個黑影朝他這裡來。走近了時他才看出來是慧玲的女友梅。

「我是今天回來，你知道慧玲到什麼地方去了麼？」

「那——那我不大清楚，……」

「是不是回到蘇州家裡去？」

「不見得吧，要不然你明天早晨來也好。」

「好，明天見，明天見！」

在別人是十分容易地就把話說出了口，在他的心中卻有著異樣的滋味。定好了起行的日子之前不是早有信來了麼？那麼為什麼她不在住的地方等一等呢？從前她不是說過一個人走在街上都是擔驚受怕的麼？難說現在有著另外一個男人在伴了她？……

一面走著一面在想，街燈的光中看見雨絲如毛一樣地飄下來。他沒有穿著雨衣也未曾撐著傘，衣服是溼了。這潮溼透了他的皮膚，到了他的心，他覺到憂鬱了，是丟也丟不開的悲哀附在他的心上。

回到所住的地方，又是懶懶地坐了下來，他不能安靜下去，不能做一件細小的事情。途中對著事業有更好的計劃，是周密而完善的；可是沒有能看見她使他對一切都灰心。他知道這是不應該的，凡其是像他那樣從事那種工作的人更不應該；但是事實上卻如一大團可以燒起來的野火，卻因為沒有一根火柴，就不能著了起來，只任那乾柴放在那裡，風吹雨溼，總有到再也不能燃燒起來的時候。

他是疲憊了，獨自坐在沙發的裡面，可是他的眼睛卻張大著。他關了燈，兀自坐在那裡：在愛戀之中他原是驕子，所以就是小小的波折也是他所不能忍受的了。

清晨五點鐘，他又向她的住所去。在大都市裡，雖然永遠沒有全是在睡著的時候，這樣早也就只有最少數的人在活動著。他到了那裡，門還是緊緊地關著。他叫著門，一個男僕為他開了，露了一點驚異向他問著：

「您有什麼事？」

「請你看一看朱小姐起來沒有？」

「您到裡面來等等吧——」

他走進去，那個男僕去喚著女僕去到樓上看看，在這時候，就有一輛汽車來了，停在門前。他看出去，他看到一個長著肥白臉的男人，正扶下一個女人來。他看見這是那一個，血像野馬奔跑一樣地流著，身子在打著戰，喉嚨像是為什麼塞住了吐不出一口氣來。他還能聽見鞋子踏在階沿上的聲音，他知道他們也是向了這間房子走來。

他用盡了自己的力量遏制自己狂流一樣的感情，像是靜靜地他木然地站在那裡。挽著手臂走進來的人在門口出現了，像是為他所驚訝，她便輕輕地叫了一聲，但是立刻用手指放在自己的唇際。那個男人這時候向她說著告辭的話：

「今天什麼時候見呢？」

「回頭你聽我的電話吧。」

那個男人走了，到樓上去尋看她的女僕也走下來，看見他們在這裡，也就沒有說一句話，又轉身回去。

他不說一句話，漸漸地把頭抬起來了，在看著她，那是架在高跟鞋上的窈窕身子，穿了入時的衣服，再看上去就是那張圓圓的臉，為他所熟習的，雖然還是那樣美好，卻多少是有些不同了。這不同是在那無神的眼睛，青青的眼角，還有那塗得如血一樣紅的嘴唇上。他看見她是朝著他這裡緩緩地走來，於是他能更清楚地看著她的臉，像是有著從前所未曾有的淫佚之態，有時候閃了出來。待她走近了，他又低下頭去，流出的眼淚，滴到地板上。

她扶了他坐到籐椅上去，他聞見了菸和酒的氣味，從她的嘴裡噴出來。

他們默默地沒有一句話說，在他的心中想著她的行為已經是在責備之上，不是只靠說兩三句埋怨的話就可以瓦解冰消的；而在她呢，她是不知道該說些什麼才好。

「我，我不知道你今天能來。」

她的聲音幾乎低到使人不能聽見，拿著手絹為他來拭著眼淚；可是他卻輕輕地推開了。

突然間，他抬起臉來，把眼睛睜得大大的在望了她，她想躲避著，可是她的手已經為他握住了，她不能動一步，附在睫毛上的淚珠，閃著的光像是刺著她的心，她搖著頭，她的頭髮是更亂了。

「不要這樣看我——好人——你可憐可憐我吧！」

她也哭起來了。

可是他立即鬆了手，臉成為蒼白的，頹然地頭垂了下來。她知道這是怎麼樣的一回事，就把他放到長椅上躺好，輕輕地她把嘴印到他的上面。

她的眼淚流著，她追悔起來，一直到現在，她還是愛著他的；但是她卻錯了一步，有著無可挽回之勢。在知道他昨天要回來的時候，那個男人告訴著她不要再來和他相見，她答應了，她的原因是自己實在沒有那力量能如從前一樣地站在他的面前，她對不起他，尤其是像他那樣的人，是更能加重她心上的疚恨。

她看見他張開眼睛來了，就問著：

「你好一些了麼？」

他點點頭。

「不要這樣子，慢慢的我什麼都告訴你，玲已經不是值得你愛的一個人了！」

她沒有法子來遏止熱淚之流出，緊緊地握了他的手。他十分吃力地說：

「太快了，太——快——了！只是一個春天。」

「啊，啊，一個春天！」

她喃喃地如囈語一樣地說了出來，一切都如夢似地，誰能想得到呢？在她自己幾月之前也不能想到吧。可是，情勢卻是到了這樣的一步了。

「你昨天到什麼地方去了？」

「你還看不出來麼？我穿了這樣的衣服，在這樣的時候才回來。」

「你去跳舞了？」

她點點頭，沒有敢望著他。

想到跳舞，她記起了從前因為想學習而受他申斥的事。對於這一種的娛樂，儘管別人用多麼好的意義來解釋，他卻永遠泥於自己的成見，覺得不應該為他們所好的。一時間她也能忍著，可是終於到了要發出來的一天，而那個對手呢，就是他所說過的長著肥白臉的人。

「我的話沒有錯吧，玲，那個人真的成功了。」

「什麼算是成功？我知道我是錯了。」

他笑起來，那是無止無休的笑，使聽著的人感覺到極度的不安。

「絮，你停停不好麼！」

可是他並沒有停下來。

「就是你不再愛我了，你也該愛惜自己的身子。」

他說完了這句話，他卻停住了，他說：

「我始終對你是沒有變的，只有你——」

「我已經不值得你的愛，我不是你理想中的女人，我和一切的女人沒有什麼不同，我做了許多你所不願意我做的事，我抽菸我也喝酒，我什麼都來，我整夜跳舞，有時候我要忘記你，我不敢想你，我下流到你所想不到的地步——」

她像想一口氣把所要說的話都說出來的樣子，說到這裡，還是頓了頓，又接著下去：

「我不能忍耐，在你離開我的時候，是死一般的寂寞包了我，每次我想到你，我就更忍不下去，你要知道我只是一個平常的女人。在這個時候，那個男人插進來了，我想你知道從前我是多麼厭他，可是他也實在並不是盡然像我們所想那樣壞的人——」

「啊，我知道，我知道……」

他嘆息地說著，他懂得一個女人為另外一個男人辯護著是有什麼樣的意義。

「我不說過分的話，無論他是多麼好，我總還是愛你的，不過我不討厭他就是了。」

「也許你又起始討厭我了。」

「為什麼要說這樣的話來刺我呢？絮，你應該信我，我是不會說謊話的人。」

「我是信你啊，或者是因為信你才有這樣的一天呢！」

他坐了起來，他的頭是昏沉沉的，當他站起身想試著走兩步，立刻又頹然地坐了下來。

「多停一停吧，忙著幹什麼呢？」

「不是你也該睡睡去，而且那個人還要來和你出去的。」

他的嘴角扯出苦笑，想不到在他們兩個人的中間會有了另外一個人，而且這個人在她的心上也有著相當的重要，這抓碎了一切的理想與一切的夢幻，這還是要使所有和他們相識的人驚訝。

「不要緊，回頭我還要送你回去。」

「唉，給我一個人去吧！」

「我放不下心來，你知道玲玲總是像從前一樣地牽記著你的。」

「是麼？……」

他故意拉長了聲音在那裡面，蘊了無限的哀傷。

「對你的愛，要到我死的那一天。」

像這樣的話她平日是說慣了的，為什麼又要說著呢？到現在仍然把這樣的話掛在嘴上，實是有一點可笑了。難說這一切的行為都為了她是在愛著他麼？可是他並不愚笨得如一隻牛，斤斤著她的話，就任她說著吧，世界上不是盡有成串好聽的話在擺設著麼，用用哪個不還都是一樣！

「我還覺得，」她又在說著，「以結婚為戀愛最後的目的，是一件愚不可及的事。真實的生活能磨碎了一切美妙的理想，愛情立刻就要變成泥土了……」

「想想看，結婚不過是在人生中所扮演的一幕戲而已，這絕不是精彩的，但是為了社會，卻不得不扮演著，我是不願意和我真心愛著的人結婚的，絜，記住了，我將要這樣做。我想你能懂我，也能了解我……」

「也許我沒有法子了解你，因為你愛得深奧了。」

「我一點也沒有變，從我和你相識的時候我就這樣想了。我只是俗氣的一個女人，你卻是有好理想肯努力的人，在起初你使我對工作感覺興趣，我是試過了，我所得到的卻只是疲睏與無味，你想哪一個女人不想著舒服的生活呢？……」

「我並不是沒有想著你，我想到我對於你只是一個累贅，你有好的將來，也有好的前途，我不忍因為我使使你也成為一個平庸的人，所以我想快一點和一個人去結婚——」

「你都想到結婚了！」

「是啊，我為了你，我不得不快點這樣做！——」

「你為了我什麼？」他突然間大聲地叫起來，「你為了我什麼，你要一個愛著你的人在心上永遠有著缺陷，永遠有著不可彌補的悲哀麼？你知道你在我的心上有多麼重，沒有你，我將失去了生活的力量，我已經知道了！我什麼都知道了，為什麼來用好聽的話來騙著我呢？我可以答應你，為了對你的愛靜靜地離開你，用不著來緩和我的情感，為什麼你是這樣子了呢？……」

最後他是哭著說出來了，他衝了出去，她想拉住他，可是沒有能夠，他一直就跑著走了。

這悽慘的情景，使她一行哭著一行上著樓梯，推開住室的門，便伏到床上哭起來……尚在酣睡的梅為她吵醒了，莫名其妙地問著她：

「慧玲，醒醒吧，是不是做了可怕的夢？」

轉過身子來望見她，才知道她是才回來，不知道為了什麼伏在床上哭著。

「為什麼哭呢？絮回來了，你見著他麼？」

「見……過……了……」

「有什麼事情麼？」

「我對不起他，我應該聽你的話。」

「現在也不晚啊！」

「是麼。」她抹抹眼睛站了起來，趕著脫下去那積滿了皺褶的衣服，把從前平日的淺藍衣找了出來，（她還記得這是他所最喜歡的）先去洗過臉，梳理著頭髮，然後把衣服穿起來。

「他能原諒我麼？」

「我想是能的。」

她於是高興地又走出去。

從那裡跑了出來，他像是連自己都忘記了。該是向著右邊去的，他卻跑到左邊去了。他只知道是由於自己的腿挪動，他在路上像一片落葉似地飛著。他在心中想著：

「到什麼地方去呢？」

可是立時他自己就回答著：

「什麼地方不是都可以去麼！」

他繼續著他的行走，灑滿了街的太陽在刺著他的眼睛；可是他並沒有感覺到，他像是什麼也不能感覺到了。他一直沒有停下腳來，一個上午就是這樣過去了。他也沒有吃飯，仍然是走著，每個人以驚奇的眼光注視著他，他也不知道，夏日間時有的驟雨落下來了，打溼了他的衣服；可是他卻想起來他該回去了。為著對雨的癖好，他故意在雨中行走著。

走到他所住的地方，他已經是疲憊得不能把腳從地上提起來，只是拖拉著，一步步地挨著。到了自己的房子，隨著被推開的門，他踉蹌地就要跌了下去；可是一個人卻扶持著他的身子，要他躺在床上。他望著，他覺得奇異了，想不到她早就來到這裡了。

「你到這裡做什麼呢？難說你以為從你那裡我所得的苦痛還不夠多麼！」

她卻不回答他，急急地為他脫去了溼的外衣，還為他蓋上了一張被單，就把嘴貼到他的臉上。

「絮，我知道我錯了，我知道你需要我，你需要我守在你的身傍——」

「那，那只好求夢中的實現吧。」

「為什麼說這樣的話呢！我是總也不離開你了，就是忍受什麼樣的苦痛我也情願。」

他沒有想到這樣的話是從她的嘴裡說出來，他仔細地看了她，那是記憶中的她了，她仍然回到樸質的衣著，過分的脂粉也都沒有了。

「是真的麼？」

他為她感動得聲音都在打著抖，他不敢相信自己的耳朵，他小心地問著。

「我要你帶我離開這裡，我厭了都市的生活，你帶我到鄉間去吧，到沒有人類存在的地方吧。我不願意看見任何人，我們以自己的方式活著，我們——」

她也像是高興得說不出話來了，她把臉貼了他的臉，擁抱著他的身子。

「我知道玲是不會棄了我的，你知道沒有你我就不敢想我如何能活下去。」

「我也想到了，我才到你這裡來，我要你好好睡一睡，到晚上就到我那裡來，那時候什麼事情都會妥當了，聽我的話，絜，我走了。」

她靈巧地親著他的嘴，便起身走了。走到門口轉過身來站住，帶了無限的愛嬌向他說：

「為什麼不笑給我看呢，像從前一樣地，我們該快活了，笑吧，絜。」

他知道從前在一些不歡之後，相互地是如何可以要求一個微笑，以忘卻了那點憂鬱；可是現在，情感上已經有著大的裂罅，雖然是為這新的允許給補起來，總是不能完整的了，這裡那裡有著不可彌補的缺痕，自自然然地在笑裡就含著一點勉強和一絲絲的苦笑了。她立刻就看出來，撅起嘴來，和他說：

「我不要看這樣子的笑，好好笑給我看。」

他怎麼樣才能像從前的樣子笑著呢？這樣的打擊在每一個青年人的身上都是不可

忍受的吧。破碎的幻想是不容易再成為完整的了；可是在情勢下，他還只能再笑著，如從前一樣地聽從她的話。

這仍然不是十分自然的，她也知道不能再要求著，她自己也露了微笑。

「記住了，八點鐘，不要忘記啊！」

他又點著頭。

這次她是滿意地出去了，留他一個人在這間房子裡，他並沒有能聽她的話，就睡在床上，他知道他能起來了就在房裡往返地踱著。一兩日間為意想不到的外物所激動，他已經不能再有一刻的寧靜，他想不出自己是活在這世界上還是在夢裡。好像是超乎想像之上的事都為他一人身受了，他不知道他是該快活抑或是悲傷？他是走著，他雜亂地想著一切的事；但是他的思想不能集中，他煩惱地自己抓著頭髮。

為著要走到什麼地方去他煩惱著了，他的工作使他不能立刻離開，而且即使能離開了，哪裡有沒有人類的地方呢？他的工作是重要的，但是為了她，他願意拋棄了，他願意受人的指摘與揄揶，只要能有她隨了他，他也願意成為一個平庸而無用的人，只是活在她的懷抱中等待死亡之來臨。

到了晚上，他走出來匆匆地叫了一輛洋車坐上去。

他沒有別樣心緒，一切都是快樂的，他知道在一切的快樂之中，他自己是最快樂的。

車到了她所住的地方停下來，付過錢，便跑到裡面去，他成為一點浮燥了，像是年輕了許多，這也許為人所不喜；但是他什麼也沒有顧及，向出來的女僕說：

「請你告訴一聲朱小姐，說有一個人來看她。」

「哪一個朱小姐？」

「就是朱慧玲，我不是時常來看的麼？」

「好像她不在了，我替您看看去。」

「請你快點去吧……」

「怎麼會不在了呢？」他的心中在想著，「是不是到街上還沒有回來呢？」

女僕拿了一封信又出來，和他說：

「她已經走了，這是留給您的一封信。」

「是麼？……她走了，到——到什麼地方去？你知道麼？——啊，她走了……」

喃喃地他像失去了魂魄的人，他接過那封信來，就撕開了信封，扯出來看著：

——我是走了，絮，我不得不走。我的走也可以說是為了你的好。我只是一個已經破碎了的女人，雖然有著重圓的機緣，但是我知道那只能給你暫時的欣快，將來卻要給你以無窮的苦痛。我不配你，以前我就是這樣想的，現在我是更不配你。這一切都是天意，一切都是命運，誰也怨不得誰。也許今生我們是再也不能相見了，我所盼望你在腦中所描畫的是那個在你的眼前也要紅臉的玲玲，而不是現在會說謊，只能背了你來流著羞慚之淚的我。

不要問我到什麼地方，也不要問我同什麼樣的人走了，我要你記在心中的只是玲是愛你的，到她死的那一天——

把自己也忘記了似地呆然站在那裡，一切的事物都在他的腦中打著旋，那張信紙為他緊緊地抓在手裡，他不知道何以他還能走下那石階，還走出那座門。他在街傍的路上走著，望不到那喧擾的人群。像是有什麼樣的鳴聲在他的耳中叫著，他想著：「為什麼呢？」他自己想著也許是要哭了吧？情感卻又如狂奔的萬馬一時擠出那窄門，是不可能地停在那裡了。

「這是悲傷麼？」

他自己想著，茫茫地走著，她的臉在他的眼前閃出來了，漸漸成為龐大無比的；但是立刻又遠了，遠到他所看不見的地方。他加急了腳步，向前奔著，他沒有能追得上，他想停住腳，可是沒有做得到，就像狂風拔起的一株樹，頹然地倒在地下了。

沒有那個熟識的臉，也沒有那張肥白的，像塗了石灰一樣的臉……

隕落

天堂裡

在無盡憂傷的人們的臉上，也夾著一點點焦慮和一點點的欣悅，那是因為這些受了二重苦痛的民眾，得了將於十月十日開慶祝日本承認「滿洲國」大會；暗暗地也有著這流言，說是老丁和宮二哥約定在那一天攻陷這哈爾濱市。

於「友邦」人民的心願之中，如此的集會，這一次是第二回的演奏了。第一次裡所得來的經驗，費了「友邦」人的腦子，知道有的是更該改革的，而時間上也給了大大的餘裕；在十月的第一天便著手來造這民意的表現。而人民的心，是更濃厚地罩了憂慮的情緒，他們望著秋天裡高高的天，他們盼著能把他們從苦痛中提出來的英雄是騎了一匹大白馬從那一片白雲之後跑出來。於是他們閉起眼睛來默默地想著宮司命部下淳樸而勇敢的騎士，他們是到過哈爾濱的，他們穿了鄉人的衣服，騎在光著身子的馬上。

感到幻想上的滿足，那一點點的欣悅，漾得大起來了；私下裡是切切地盼著那一天。

日本型漢字的標語，印在黃色綠色紅色的長方紙的上面，在牆壁上成排地貼起來了，還有那長大的木板，高高地懸在可望而不可及的地方，張貼了用大紅大紫所描出粗劣的圖畫來，在那上面表現著多種日滿交歡的語句。

彩坊也在公園的門前起始搭起來，那是先有那麼一個空的木架，將在這空架的上面，要紮出許多花樣來。

挺著胸的日子，昂然地一天一天逼近來……

那一天，氣候上有著大的轉換。近北的地帶，也並不能就以為是稀奇的事；可是在人民的心中，為舊迷信所支配那麼多年的，總想到這該是神的一點預示，於是欣悅的成分，在不為人所見的時候，就更多地現出一些來。

所謂「滿洲國」國旗，在各處都被命令著要張起。縱然是一個很大的店鋪，也不過用了二尺方的布旗，隨隨便便地夾在鐵門的縫子裡，像一個失貞的女人頗羞愧地站在那邊。因為是要花了錢買的，也因為若是沒有就被禁止通行的，在洋車或是馬車的上面，也都插了小小的兩面紙旗。

但是，每個人的心中都在熱烈地期待著私下裡說著的那件事情之實現，再逼真一步的是想著從太平橋，從馬船口過江，或是從上號那邊能衝進來的事。

二十四人一隊的「友軍」騎在高大的馬上，傲然地顧盼著左右而巡行著；而站在街上的「友軍」步哨，向著那小軍官敬禮的時候，他們所想到的是如在帝國的殖民地的土地上一樣的。

在街旁縷縷行著的，那些被分派到會的人，低了頭，如羊群似地前行。到哪裡去，或是做什麼去呢，卻成為一點也不明白的，只昏盲地，知道不去總是一件不可能的事。

太陽是沒有，狂風在使每一個人拉起了外衣的領子，只把臉露出最小的部分來。在本該是快活的日子，而為人所侮辱著，那憂憤是雙重地如烈火在胸中燃燒著。眼睛只能在握了插有鋒芒刺刀的步槍的「友軍」未曾注意到的時候，惡毒地向四面望著，那好像在說：

「只要我有一把刀！……」

而警戒著的「友軍」，又大隊地增加起來了，短促而有異樣聲音的軍號，領了那一群像鴨子似的動物蠢蠢然地行進著。

釘滿了鋼釘的皮鞋，踏在長石塊修築的街路之上，勇敢地發出了不為所屈的聲音。它在抵禦異族人腳上鋼鐵之壓軋，它回應著較大而碎雜的聲音。

「快走，把各，什麼的看！」

粗暴的「友軍」，在用生硬的中國話，還沒有忘記如何去加入他們自己常說著的下流話，罵著路旁稍稍佇立的人。

被說著的連一句話也不說，在繼續地挪動著他們的腳。他們心在說著：

「今天是那麼一天，今天是那麼一天……！」

那些愚盲的，有著睡眠不足而使眼睛紅腫特象的中國兵士，裹在灰棉軍服之內，是隨了「友車」的行列也向前走著，有的在怨恨著在這時候，長官為什麼不發衝鋒的口令呢？只有端起槍來就能使前面走著的轉不過身來。大部分卻在心中想著，十月份的餉什麼時候可以領到手。他們看見了他們的司令，坐在汽車裡，從他們的行伍旁馳過去。

走到公園的門前了，鮮豔的彩坊，蒙了一層塵土，再襯上灰色的天，全然成為一個哀悼會的好情況。在空中盤桓著的，是灰色的有旭日徽的「友軍」飛機。

來開會的人，爭著寫上了所代表的名字，想轉過一個圈子就出去的，卻為友軍的叱責止住了。

「滾開去，出去的不行！」

已經停住了腳，「友軍」的勇士還追上來，嵌著鐵的槍柄，打著發出空洞的聲音的肋部，被打的忍住了為痛苦和為傷憤而流下來的淚，在轉轉身去的時候，地上現出了溼土的珠子。

「啊，我的祖國！」

縱然祖國不是如何好的，但是如此的待遇也還沒有過吧？思唸著的時候，就又想起了流星一樣的那一點希望，好像殘破的青天白日旗，重複在空中招展。

主席臺是在廣場的中間，那身材和「友邦」人民彷彿的市長，穿了禮服，正焦灼地坐在那裡。望下去呢，是無數根頭髮的海，就是被命令著脫去帽子，也沒有一個人仰起頭來。他看著坐在身傍的「友邦」顧問的不悅神色，但是無論如何也不能再說要每個人也把頭仰起來的話。

突然，他遠遠地望到從園門走進來的「友邦」陸軍司令，立刻，他露了極高興的樣子，失措地站起來，像要從臺上一步邁下去的。他自悟到可笑的樣子，但是覺不出什麼來，用了破裂的嗓子叫：

「鼓掌，鼓掌，……」

人們懶懶地抬起頭來，望了在狂擊著手掌的他，附和著他的是臺上的一群人和圍在四周的警察。像鬼哭，像孩子叫的軍樂起來了！

為留有民意真紀錄的「友邦」攝影師，如猴子一樣地揉升到高架的上面，於是攝影機也軋軋地在響著。

穿了中國衣衫的「友邦」人民，不自主地用和語歡呼起來。

一個長著髭子的肥老鴨，蹣跚地走著人致還筆直的路。

在疏落的掌聲之中，一跳一跳地上了主席臺，那市長露了失去母親的孩子重又見著母親一樣的神情，而又懾於長者的威嚴之下，把身子轉向前面去，起始引導這會之進行。

在每一個人的演說之後，他要像簡縮蓄音器一樣地重複地說一遍，而且還要加上從心中表示著感激的字眼和神情。

狂風順了他的喉嚨直吹下去，他咳嗽著，就是這樣他也不想休息，為感激「友邦」人民把他從地獄裡釋放出來的大德，他無處不表示著他的忠順。

「在閉會之前，我們該歡呼——」他用暗啞的聲音叫。人群在下面起始小小的騷動了，在有一點相互的擁擠，都在希望著能夠是第一個鑽出去的人。

「我們要表示出對於友邦之感謝——」

他說過之後，好像覺得頸子有一點不舒服，他微微地向左右搖動，從眼角那裡望到「友邦」司令不大高興的臉。於是他又接著說：

「我們都知道，若是沒有友邦的援助，滿洲國是不能成立的。所以我們要三呼：——」

他頓了一下，像是想把精神集中似地。

「日本大帝國萬歲！」

只有那幾個穿了中國衣衫的「友邦」人民隨了他叫起來。

「滿洲國萬歲！」

附和著的仍然是那幾個人。

「怎麼，你們沒有聽清楚麼？你們都是太笨了，再來好好地聽我的歡呼吧！這一次，不要忘記，大聲地隨我叫出來！」

「日——本——大——帝——國——萬——歲！」

但是這結果，還是和以前一樣的。

就是有些人，因為腿已經痠痛了，北風使他們覺到不可耐的寒冷，想來用嘴叫一叫，然後就可以散會，就可以回到溫暖的，舒適的家中去；也為一想到的時候，就好像鏽了的長矛刺在心中，在痛苦之外也還有酸而辣的滋味，於是就放下了決心，情願身體上的折磨，仍是噤然地，如蟄伏著的秋蟲。

站在臺上的主席咆哮起來了，像為飢餓所迫而又關在鐵欄內的大蟲，把握緊了的拳頭在空中揮著，從憤恨到極點的情緒中，把一些話從牙齒的縫裡擠出來。

「難說你們不知道『友邦』軍民對於我們的好處麼？」

在這一群人的心上，這問話是很快就得到回答的。

他們有的想到在「友邦」軍部被打斷了腿或是肋骨的，因為說是有通敵的嫌疑；或是因為尚用著有中山遺像的日曆，有了反滿的鐵證。他們有的也知道從鼻子裡，被灌了花椒水，火油，或是冷水的人。還有那些應時而興的高麗人和「友邦」人民包攬詞訟，菸館和賭場的一些事。還有在公共場所中看到的「友軍」對於中國婦女的侮辱，言語上及姿態上。這不還是在大城市之中麼，多少地還有一點忌憚，因為他們的腦子裡總還想著暫時間應有的和善，使這些被壓著的人民想到「日滿交歡」的話；只要離開了這城市，就說數里之遙的顧鄉屯吧，不是曾經發現過埋在土中的中國人的屍身麼？那些人觸犯了「友軍」不能直接向義勇軍所發洩的怒氣，就把那些人認成了他們的敵人，要那些無辜者自己為自己掘好了屍坑，然後由有同樣命運的同伴一個為一個地蓋上土去，到末了只要替最後的這一個人，當他躺在坑中之後，同樣地蓋上了土，於是這些人就都窒息著死去。還有，因為是義勇軍所到過的屯堡，「友軍」就懷了狐狸一樣的疑惑，用炮火為他們的先導，把老年的幼年的壯年的血肉，和砲彈的碎片裹在一團飛起來……

這些事情不都還是很清晰地印在他們的腦子裡面麼？有了感觸的人們，各自吐著微微的嘆息，而這嘆息合攏來，卻成為可聞的聲音了。

人群中更有些人把頭髮緩緩地揚起來，用了眼睛在向站在臺上的主席問著：

「你說說吧，日本人有什麼好處的？」

看見了那些一對對不約而同看過來的眼睛，筆直地刺入了他的心，他微微地感到一點狼狽了。他不也可以算是好人物之一麼，覺到羞恥也可以不必紅臉的。

聰明的警備隊隊長，迅速地把部下召集起來，祕密地傳下了命令，當著憤怒了的主席又在叫著口號的時候，就有他們這一隊人在附和著，雖然不能有搖動天地的洪大，可也不再像前兩次那樣地淒清冷落。

在無可奈何之中，主席露了滿意的笑來，他轉過身去諂媚地望了端坐著的友邦司令笑著，而人群是被指揮著要到街上去遊行了。

「若是有一支兵在這時候衝進來，……」

有的在切齒如此地想著，看了時間竟能這樣平穩地過去，心中起著更重的焦灼。

「也許要在夜間吧，暗中行軍是大有利呢，而且鬼子的飛機，又成天地打轉轉。」

才在移動的人群，用力把腳擦著沙土，以這奇特的方法發洩出胸中的不平來。

成了行列地在街上走著，如送喪者的臉色與步伐，漸漸地，除開了掮著大旗，沒有法子脫身的，都向小路上溜走了。

破碎的滿洲國旗，在路上為人的腳踐踏著……。

一串串的憑了自己的氣力或是憑了牲畜氣力的車伕們，如羊群似地為友軍牽引著白繩拴了他們的手臂，因為他們的車上，為狂風把用錢買來的旗子吹破了，或是根本就被吹得失去，犯了該受懲罰的抗命和不敬之罪。

黃昏好像被巨魔從四周提起來，用黑暗漸漸把這大地包了；但是醜劣的天氣，那情形像是更嚴重。顯了鬼一樣的臉相朝了這地面，看著這些被欺壓凌辱的，和那些如暴君一樣的統治者，像是想張開天之巨口就把一切都吞噬下去。它命令了秋末的樹枝，靠了風的力量，打著尖銳而繁雜的哨子，在說出內心的憤怒來，它等著那自然的抵抗或是一面的醒悟，想把人與人之間交織著的怨恨消淡下去。

吃醉了酒的「友軍」三五成群地在街上蹌踉地走著，用破嗓子唱著淺俗的歌，還說著俚野的話，躲避不及的行人，被他們用革鞭抽打，有的現出了紅的血痕。被打的忍了痛就記在心中，劃上那麼一道，這是將來也要用血來償還的積債。

夜是深深地來了，每個人想到在天上飛著的那已經失去效用的；突然間，就聽到了轟轟的聲音。

「這總該是重炮在吼著了！」

人的臉和心都為緊張的情緒占住了，用眼睛搜尋著，看看是一把刀或是一柄斧子用著順手；可是站到院裡去，除去那聲音之外，風也吹送來工人們當工作的時候自己的吆喝。他們立刻想起來了，那是因為新城大街段路之落陷，日夜地在修築中；如重炮的聲音，定然是那龐人的鐵錘擊在粗的木樁之上。

他們頹然地冷下去了，拖著懶的腳步回到房裡，鬆開了右手，鏗然地響了鐵器的聲音。無神地坐在那裡，把手託了下腮，心中默默地想著：

「自由的日子什麼時候來呢？」

於是他們想到撼動大地的喊殺，想到在黑暗中冒著火亮又響著聲音的射擊，還想到那閃著一點光的人刀，蕩平了仇敵的頸子……

「啊，那時候啊，血的債才清償了！」

可是，夜還是沉默的，沒有一點好預示，空是讓好興致睜大了眼睛，在守候著那好時候；這好時候呢，怕仍然是迢遙的吧？

鼓舞著的興致息止了，他們的頭又下垂了。不是全然失望了的，他們又想到了冬天封江的時候，天然的障礙成為可履的平途，就是想防守，怕也不是一件容易的事，那時候，江北的健兒不是隨時就可以過來的麼？

他們的心成為平靜的海了，把力量都潛伏著，什麼時候都可以翻起大波浪的。但是眼前呢，他們容忍著，他們等候著，沉著精神在期待著那麼一天的到來。

晚間，在這極北的城市裡，有初冬的寒風，使行路的人縮了頸子，也有為掩護不到而凍紅的鼻子。有負了鋼炮的鐵甲車，隨在後面的一輛沒有遮掩的載重汽車，坐了四十名「滿洲國」警備隊。他們背了步槍，木木地坐在座位上；就是已經穿了皮的外套，凜冽的風也在使他們的臉和手指僵著。那汽車響了古怪的哨子，像野大蟲似地在街上跑著，這些仰仗了「滿洲國」而豢養的警備隊，有著朽木一樣的心情，都只是默默地坐著。

這車，在傳家甸，八站和道裡之間梭巡著。

他們看了街旁的景物在迅速地閃下去，經過了漆黑，明亮，和有著黯淡燈光的不同地段；汽車的馬達總是那樣單調地響著。

遙遙地，日本軍營的號角在空氣中蕩過來。

只有中國大街尚是熱鬧的，那些失去了國家的白俄男女，仍然是無憂無慮地在喧笑著。在大石頭道街接近了鐵路的那一面，有朝鮮，日本，和俄國的賣淫婦，在向行路的人說著風流話。雖是道裡，而住滿了中國人的新城大街上，有穿了肥大衣袖的中國人，露了一點倉惶的神態走著。他們是裝成了沒有事情的人，可是眼睛在望著，尋到了憑眼睛看著相宜在心上也仔細想過一次的人，就用較急的腳步趕了上去。他們用若有若無，低低的聲音說：

「先生，看報麼？天津《大公報》和北平《晨報》。」

「新的麼？」

「都是本月九號的，今天早晨才到。」

「多少錢？」

「六毛錢吧。」

「太多了，我每次都是花兩毛錢。」

「您想想，這營生有多麼大的危險，檢查加緊不算，就是在前天我的同伴就被密探捉了去，活活用馬鞭打死了！」

「好吧，依你的價，我們找個地方吧。」

被問著的人也像有過暗約似地，始終是不露聲色，用細微的聲音在說。沒有什麼可說的了，就默默地走著。到了相識的商店，就徑直地走到客室去，那個人急急地把藏在衣袖的兩張報取出來。看看鐘，他在說：

「先生，您可以看到十點八分。」

可是把報紙拿到手中的人呢，像是很忙迫地，連答應著的聲音也沒有哼出來，只貪婪地看著那報紙。想從祖國的報紙上，看著祖國的音訊，和祖國有了什麼具體的計劃來收復淪落了將近一年的土地。詳盡地讀著每一個字，甚至於每一個圈點；而當讀完了的時候，露了傷憤的樣子把報紙和錢送給那個人。從心底起了長長的喟嘆。在日本人支配下的新聞紙，雖然有著誇大性，有的關於祖國不幸的消息也有些可以從那上面證實了。

還都是只有私鬥之勇呢！

那邊，明了耀眼的電燈，也響著俚俗的銅樂，是木下曲藝團的演奏；愚蠢的人，圍在那前面望了龐大的象和有著油滑滑皮膚的海狗。鼓掌和嘈雜的聲音從布幕中出來。

誇耀威武的日本憲兵，騎在高大的馬上，慢慢地在街心走著。

在街角的牆上，有才貼好的宣傳畫，幾個穿了短衣的工人，在那裡停住了腳。

「看什麼，總是亡國的事！」

有一個這樣憤憤然的說了。

他們就又繼續著他們的行程。

「知道麼，今天下午道外出了亂了。」

「什麼事情？」

「海軍和陸軍在新舞臺前對起敵來。」

「都是些亡國兵，還有什麼說不過去的事麼！」

「聽說是因為陸軍稽查隊打了不服從的海軍。」

「開槍了麼？」

「開了，兩邊都有一百幾十人。」

「後來呢？」

「日本人把兩邊的首領捉了去。」

「沒有打死一個日本人？」

「不要說啦，只有三個日本兵就把這三百多人都鎮伏下去了！」

「是麼？」

「老二正在新舞臺前面做外工，親眼看見的。」

「咱們的東三省就是丟在他們的手裡！」

雖然是懷著無窮的憤恨，也能瞪著如酗酒的紅眼睛，但是赤手的人總只能嘆息著，用話語來洩出胸中的情感，還要先張望張望四周。就是說能空身過了江，跑到馬船口就能入了群；可是想到累贅的家，有幾口是等他們出賣了勞力來吃飯，又只能把腦子冷些下去。

不是全然就馴服得如一群盲目的綿羊，有的已經丟開了家，辛苦地隨了不甘屈伏的人，在拚了血肉東西地爭戰著，有的詭密地裝成了順民，而暗中把一些軍事消息傳到祖國或是為祖國戰爭的勇士那裡；也有帶了××傾向的，仍然是采了常用的方式，散著傳單或是把標語寫在或刻在牆上和電杆上。

因為尚不是直接地反對著「滿洲國」或是日本軍的，所以才能在被捕之後解送到法院裡來發落。

「……………………」

「……………………」

「你不是反對『滿洲國』吧？」

穿了制服的法官，也有憂傷蘊含在心中，不時地望到旁聽席中受了命令而來的日本人，焦急地在問著。

站在被告席中的，不是一條很英挺的漢子麼？法官是知道最近所頒布的法律是對於一切反「滿洲國」者如何不利，他盼著被告的人麻木地說聲「不是」。他的眼睛在殷殷地望著，而那回答，終於像夏雷樣地來了。

「我是反對『滿洲國』的。」

那青年泰然地說了，就是為一種主義而努力，可是也絕不能說是不來反對這偽組織吧。

「你胡說，你明明是共產黨，你絕不能逃過我的眼，你想狡賴也不成，許多證據已經證明了你是一個共產黨！」

於是被告的青年就被帶下去了，好心的法警在途上說明其中的原委，立時就能把原諒給了方才還以為是腦筋不清的法官。

原是同被壓迫著的人啊！

都成為「樂園」中之人啊，是要謹謹慎慎地只知道呼吸的動物呢！

什麼地方不都有多餘的諂媚的臉相麼？覺著一點得意地在日本人的眼前獻著無用的殷勤，追想著至於對著自己的親長也沒有那麼順從過。轉過臉來呢，為了私憤或是為了莫知所以的心，偷偷地給著對於個人正確或是不正確的「反滿」訊息。

忠勇的皇軍，多是在午夜後敏捷地出動了。一時間就能把所要搜檢的處所用步槍和機關槍圍起來。先驅的腳踏汽車，射出一條炯炯的光站在那裡。已經關閉得很嚴緊的門，就被捶打得響了驚人的聲音。

門開了，來開門的人立刻被綁起來，湧進去的人，立刻散滿了各處。凡是住在這裡面的人，都要被幽禁到一間房子裡，任憑是在哭號的嬰兒或是病中的人，出口那邊總有挾了有刺刀的槍的勇士看守著。其餘的勇士們，在隊長的指揮之下，如獵狗一樣地搜尋著。

這搜查是古怪的，地板被利斧劈開了，用了電筒在仔仔細細地照看；堆在床上的棉被有的撕開了，看看棉花裡存了什麼值得注意的證據；皮箱被刺刀劃開了，明明白白地知道那是不是可以隱藏祕密的夾板……憑了那隊長精明的腦子，機警地把那些為人所不注意而從經驗上知道有重要性的所在，吩咐著兵士們都下過手了。

他站在那裡，用手指捻著鬍子，眼睛卻有神地在觀望著。他想著自己不是發著盡是枉然的命令，他在等候著能有重要的發現，那時候他能在兵士之中被誇耀著，將更為長官所器重。但是事實和他所想的是相反的，就是兵士們也因為想到這一次是徒勞，就不像才來的時節所懷了的高興致。

——不是明明得著報告說這是自衛軍的機關麼？

那隊長在想著，突然像記起了些什麼的，從袋裡掏出雜記本來。

「南七道街三十一號，南七道街是沒有錯的，也許這不是三十一號吧。」

他自己在低低地盤算著。

「喂，這是三十一號麼？」

他漫然地向著在工作的兵士問。

「是的，隊長。」

他真不知道該怎麼好了，焦灼地用手搔了頭，他忽然看到了有中山遺像的日曆。

「這就是了，這就是了……」

他的喉中響了粗野的聲音，他命令著把那日曆取下來，還立刻傳令把那近六十歲的主人拘捕。任著婦人和孩子們的哭喊，任著那老妻挺了戰顫的身軀跪在地上懇求，勇士們是毫不顧惜地把她踢倒，如獸群一樣地又湧出了門。

被捆綁的人，有失去血色的臉，有打著寒戰的身子，有蒼青色的嘴唇。將有如何的結局，是一點也不能想到的了。

寒夜裡，天上掛著的星子也在抖索著呢！

那家裡尚有著自由身子的人，用金錢，用友人的奔波的情托，一星期之後，被吩咐著到拘留所去迎接，那已經是一具布滿了傷痕的屍身。

這不是沒有適宜解釋的，說是完全是一個誤會，說是近來有了許多不良份子假公濟私，說是被捕的人年老多病，因之就死去了。

有什麼可說的呢，守衛兵已經在催促著，要他們快快地離開。將要流下來的淚，盼著是含酸性的液體，在流到心中去的時候，蝕著該刻在心中的怨恨，等待報復之來臨再去沖淡吧。

但是，小小的欣喜，使被強暴所擠榨的人感到一點點的稱願的事情不是沒有的，最近在報紙上不就是記載著江北的松浦鎮有三個日本人被綁去了的事件麼？明知道有威權者就是蒙了損失遲早也將在這些無辜的人的身上來求得報復，可是眼前的快意，使這些人都奮著。

「聽說綁去的並不是有錢的鬼子。」

「唔，都是他媽的特務機關裡狗腿。」

「近來有訊息麼？」

「不是要一百五十萬金票，還有二十挺機關槍，六尊山炮。」

「我想這是成心開個大玩笑。」

「不，我以為這是嚴重的。」

「你想日本人會贖麼？」

「那說不定——不過從要軍器這上面看，也許日本人不能這樣辦。」

「但盼不去贖，先殺了這幾個，出出我們的氣！」

「你放心，就是日本人肯出錢，也不見得買得回來這三條命。」

「那才好。你知道南線車被劫的詳情麼？」

「不是報紙上說過的在蔡家溝那裡？」

「我的一個朋友坐了那列車，他親自看到許多外面所不知道的。他告訴我那一次所有的日本人都被害！就是躲在椅子下的也拖出來殺死，那一群人張了青天白日旗，中國的乘客都歡呼著。」

「不是說劫了乘客麼？」

「哪裡，日本人的財物是取去了，可是中國人有許多自動地送給他們。」

「激於良心上出來的熱誠啊！」

「什麼時候進哈爾濱來吧！」

「那也不是難事情呀，只要日本人沒有——」

「沒有什麼？」

「沒有飛機啊，中國兵就是上飛機的當，這不是從經驗上得來的麼！」

以為是值得鼓舞的，也都在剎那間消滅下去，永恆的失望與無盡身受的苦痛，在漸漸地增厚了心上的憤懣。有時候也記起來，為日本人所支配下的報紙用顯明的字型排出來關於中國的空中英雄炸沉了中國的軍艦的事，人的心也向麻木之途去了。從這上面想到喪失土地是有必然性的了。

但是，就是破落戶的後裔也不願受闖入者的強涉的，小小的自由總還願意是屬於自己的呀！

這小小的自由在哪裡呢？在遐想或幻夢之中，在遙遙的天邊，在不知名的地方？只有身受者才知道這苦難，該肩起這責任的人呢，還是悠悠然地過著安閒的日子。

從春天盼到高糧長到人一樣高的時節，從這時候又盼到了封江，總在懷了那麼美而好的想像，想像著有那麼英雄的人物，借了天然的力量，來殺盡這異國的敵人，收復喪失了的土地；但是事實上在一個希望之死亡，只能又是一個新的希望，而從來他們的心願沒有能完成。就是在新聞紙上看到了以為是英雄的人物，攻陷了雙城堡，安達站，或是佳木斯；只要在幾十人或是幾百人日本軍的攻擊之下，就又輕易地退到深山之中了。

「沒有用的東西們啊！……」

每個人在心裡如此叫著。

可是，可原諒的地方也不是沒有的，連足以蔽體的衣服，和足用的彈藥都沒有。

在這邊，是一眼就可以看出差別來。

沉重的心啊，成為更沉重的了！自身的力量是沒有，以為可依仗的，也全成為空幻的了！

從前所有著的那流言，說是警備隊將於某日起事的，也沒有絲毫動靜。有了足月的餉份，就什麼都可以忘了。

但是，為保護中東線列車的兵士，卻常常一排兩排地在途中「拉出去」。他們在熱死人的天和凍死人的天都擠在沒有頂子的車上，緊接了機車，堅硬的煤屑和狂風抽打著他們的眼睛和臉。在不能忍耐了的時候弟兄們就紛紛地強迫了為首的到那麼一條路。他們殺害車上的日本人，他們搶了貴重的財物；可是在兩次三次之後，日本的兵士也有幾十人隨了車，把機關槍對了他們。於是，他們就合該伏伏貼貼地在沖了風雪，一次又一次地。

人的心也如在寒冷中的肢體，感受了極度的痛苦就容易成為麻木了。盼著能有一聲大的呼喚，使漸就麻痺了的人甦醒起來；但是那些只圖眼前安逸的人，是一直任之了。

這三千萬人，這三千萬人的忍受，怨憤是如一片數不清的沙子。若是這是些有爆裂性的原質，就該猛然地轟炸了吧？就是毀了自己，毀了自己所有的家園，也不會有什麼顧惜的。

但是他們容忍著，一向這祖國把他們訓練成不能說一句話也不能喘一口大氣的好國民，只有在自己的身上真真感到了割痛的時候，才發出乞憐的哀呼。他們只是一片野火後的餘燼，只有一星星微弱的光從灰中透出來。

什麼時候有揮發油也有木材一齊加到這上面呢？還是就任了這灰燼也消滅下去？

這全然是成為不可知道的事了！

燼

能止

他有著六十歲以上的高齡了，在這戲臺的上面，他走出又出進的也有五十年，他伺候過老佛爺，他也跟過大老闆；可是他卻從來也未曾扮演過能說上一句話或是有一句唱工的角色，只是當「龍套」打「下手」或是「上手」。他的職務是舉著一面繡著金龍的長旗，為別人喊著堂威，或是為主角「帶馬」，（就是這件事也成為過去的了，到現在早已沒有他的份，自有那比他精明的夥伴替了他，）他也要翻著筋斗。他總是要在沒有「打通」[2]之先就到了後臺，準備著出來；一直到吹過了散戲的鎖吶，他領了十二弔錢的戲份，回到自己的家中。

他是老了，只要看到他的就覺得他是老邁得不像樣子，雖然他沒有留起鬍子。（在他們的行業，多是不能留起鬍子來的。）他的背是駝著，比其他的老年人是更顯然，他的頸子就探向前面，永遠也不能直起來。他的臉正像晒在太陽下的東瓜，橫橫豎豎地不知道有著多少條皺紋，鬆弛的筋肉，就使那皺紋有著更多的彎曲。他的下唇像是長出一點來，除開可以託了那上唇，還伸出一部來，流著黏黏的涎液。他的眼睛已經蒙了一層翳，呆滯地像是早已失去了自由靈活轉動的能力。他的左邊的耳輪，在十二

2 舊式的戲園，在將開演的時候，照例是要敲著鑼鼓，這就是「打通」，打過三通，才起始演戲。

年前為老鼠咬下一半去。

那時候，當著同伴聽到了這件可笑的事，便向他說：

「喂，楊二，這可夠不吉利的，耗子咬過的活不到轉年。」

「那也挺不錯，省得活受罪。」

但是他並沒有在那年裡頭死掉，他又熬過了十二年，連孫子拴子都有十八歲了。

當著他每一次從門簾裡出來，是不一定有人為他拉起簾子來，而且更不會如其他的角色一樣，能有「迎頭好」[3]的。他與其他的三個人，都已經像機械一樣地一左一右分著站立，然後那名角才正正經經地走出來。若是「大軸子」[4]，那些從開演也未曾亮的電燈就倏地亮了，人們的喝采，像雷似地轟然響著了。這是會使那新出馬的角色發起昏來，就是那和他一樣的龍套，也有不少覺得一點手足失措；可是他，他看慣了也聽慣了，全然無動於中地站立在那裡，眼睛望著那鋪在臺上積了許多灰塵的地氈，或是再遠一點，就看到了坐在「耳池」[5]的座客。他不必抬起頭來，（自然要他抬

3　即是演戲人才出來的喝采。
4　最後的一折戲。
5　舊式戲臺，是方方的伸出來，在左右的座位，即是耳池。

起頭來在他是一種苦痛，）他看得見那粉白高底的朝靴從上場門走到臺口，於是道著「引子」，然後轉過身走向坐位上，再念上四句「定場詩」，他和其餘的三個人，就要把舉在手中的長旗放下來，還要向著中間走近兩步。這一切的事情，對於他幾乎比吃飯還要來得純熟，到了該走下去的時節，他就會插到第三個，從下場門走進後臺。他不能像那些角色一樣，到了後臺有多少人侍候著，或是當著一齣戲完了之後就卸下裝來；他是要永遠穿著那件龍套，守在那裡，等候著出進。這時候他會拿下來旱菸袋，裝起一袋菸來，打著火鏈點起吸著。這是他感覺得很有趣的時候了，他把那翠綠的玉嘴銜在癟癟的嘴裡，有味地一口一口抽著，在這一刻個人的小天地中，盡有著許許多多美妙的幻想，一直到管事的催著他上場，他才倉卒地磕去菸袋鍋裡的灰，抹抹嘴，準備著從上場出去。

當他邁出第一步去，他的眼睛就望到了池子裡一排排黑壓壓的頭；以遲緩的腳步他走至臺口，然後再分到左邊去。常來的觀客，早已看過他了，生的人就會以好奇的眼望他兩下，低低地說著或是想著：為什麼到了這樣的年紀還要做呢？有的更會笑著，是一種無情感的笑，這樣的笑聲會飄進他的耳朵裡；可是他絕不會表示出不滿，因為他知道他不會再給人以更多的失望或滿意，他只要站在一傍永遠也不會開口。

新的同行也有的向他問著：

「您今年高壽啦？」

「唉，我還小咧，才六十七。」

「你也該享福嘍。」

「享不上福還受不上罪麼？」

他感傷地嘆息著，點點頭，用手掌抹著嘴。

「您有幾位少爺呵？」

「跟前只有一個，死了十來年啦。留下一個孫子，今年有十八歲了。還有一個二十歲的孫女，還沒有出閣。」

「媳婦呢？」

「唉，不用提了，她漢子死了的轉年，就她媽的走一步啦，要不我的孫女還留不到這麼大，家裡實在也是沒有人照顧。孫子又不成材，也是這一行，那麼點的年紀還好耍兩把，我真是命苦，沒有法兒。」

也就是因為管事的知道他的底細，所以才沒有開掉他，勉勉強強地對敷著。

孫女妞兒總還算是好的，成天給他燒水煮飯，縫補衣裳，從來也沒有埋怨過這個一天只掙十二吊的爺爺。那個孫子拴兒卻不是好東西了，就是沒有戲，他也要很晚很晚地回來。

早晨，他像一切上了年紀的人一樣，天才亮就起來了。擦了把臉，就在院子裡走著，這時候院子裡其他的人家都還沒有起來。他看著成群的烏鴉飛了過去。喳喳地叫著。他吐了一口痰，咳嗽兩聲，為著使眼睛清亮，他還望著青青的天。可是他的眼睛實在是不成了，無論怎麼樣的好天在他看來總有一層白茫茫的霧，把一件東西看成了兩件也更是平常的事。他還要揮動著手臂，轉兩轉身，他是在操練兩回拳腳。過了兩袋菸的時辰，他就回到屋裡把睡得像死狗的拴兒拉起來。

「還睡麼，也不知道練點功夫。」

被叫醒的人揉著眼睛，極不情願地把腳穿到鞋裡去，可是當著他才一走開，他就要歪到炕上。

他自己沏了壺茶，到走回來時看見他又睡了下來，便忿忿地罵著。

「好吃懶睡，真他媽的不是東西！」

這一回他是順手抄起來放在門後的一把大竹刀，趕過去要打的。可是那小子卻一溜煙似地跑出去了。

他就拿了那把刀走到院子裡，小解之後的拴兒也提了褲子回來，他嚷著：

「提上鞋，一點精氣神也沒有。」

拴兒就彎下身子去穿好了鞋，還到屋裡拿出來一條褲帶，吸著氣紮得緊緊的。

「來吧！」

他叫著，他的手握住了那把竹刀。拴兒就起始翻著一串兩個的筋斗，到翻第二個的時候，他是照例的要用刀挑著他的腰身，幫助他快一點轉了過去。

「再來，真是懶啊！」

於是拴兒又是照樣地翻著。同樣地要翻過十回八回。每一次若是翻得慢了些，本來是挑著腰身的竹刀，就會毫不容情地打著了。

翻過了二三十個筋斗的拴了喘著氣，疲乏地蹲了下來，吐著唾沫。

「年青力壯的就這麼點精神，成天只知道耍錢啦！當初我像你這樣歲數的時候，那一天早晨起來不練幾趟拳，翻上百八十個筋斗？真是——！」

像不勝感慨地這樣說著。

他的心裡呢，卻在想著另外一件事了，他想著的是拴兒這小子也要像這樣過一輩子麼？為什麼不想法要他練練呢？就說先多翻上一個筋斗，然後再練習著翻上一串四個，五個，六個，……再練上點腰腿身段，不也可以當個配角麼？漸漸地，漸漸地，也就可以自己挑一齣戲了。

他覺得滿意了，就命令著：

「拴兒，再來！」

拴兒懶懶地站了起來，翻過了一趟。

「這一回翻三個吧。」

「我——我不知道路數。」

「想想不就行了麼，三個比兩個才多一個，年輕力壯的小夥子，怎麼沒有一點昂氣？」

「我不知道翻到第三個該怎麼轉身了呢？」

「那有什麼連著兩個，再來一個岔樣的——」

拴兒用手打著勢子，終於還是搖搖頭。

「怕弄不對，那可就麻煩了。」

「小夥子怕什麼呢，就是摔到地上不是一骨碌就可以爬起來的麼？」

「倒不是怕那個，您——您可得多留點兒神。」

說過了拴兒就走到那邊去，遲疑了一會，便翻起來了，一個，兩個，到第三個的時候他仍然挑了他的身子，可是那方向整整是反了，還幾乎摔了一個馬爬。

「對了，對了，真是三個，照這樣來，總能行的，就是到打完了第三個，要把身子轉過來。再來，再來，……」

他是高興了，雖然那勢樣有多麼不好看，他的心中想著：到底是年青人啊！

拴兒卻露了愁眉苦臉的樣子，聽見他的誇讚，才又打起點精神來，再走過去。

他又翻著，這一次方向雖然是對了，可是他卻沒有站得住，立刻就坐到地上。

沒有等他去用手拉，他一下子就站立起來了。

「沒有摔壞吧，這回好多了，只要腿上加點勁，準能行的，再來，再來——」

三次，四次，五次，……地試著，漸漸地真是能翻到好處了，只是在落下來的時候，沒有能收得住腳。他知道這是沒有什麼，只要能有一個人，在背後輕輕地拍一下，就可以過去的。

「好小子，拴兒，你算成了，只要和夥伴們說一聲，像我這樣的拍著你就可以了。去，挑滿了缸，告訴你姐姐把我那件小褂趕著縫縫，今兒個下半晌要穿。」

他就坐到牆跟下，掏出來菸袋，裝好抽起來。太陽溫煦地照了他，他像重生一樣地感到舒適，瞇了眼睛，心中在起著美妙的幻想。他想到拴兒漸漸地就可以成一個角色了，雖然不一定是要成為了不得的名角，至少是每天可以進三五塊。這個數目對於他已經是十分滿足了，他那時就真的可以「享福」了，不必再像現在一樣，每天要走得腿酸腰懶，才混得上十二吊的份子，他想到了那時候就可以給妞兒找一個殷實的婆家，給拴子也說一房媳婦，他自己呢，養個好百靈，每天早晨起來到外面溜溜，有閒空再到茶館聽兩段書……

「楊二爺，您早起來啦！」

正是為幻想織入甜蜜蜜的情況中突然有一個女人的聲音響了起來，他抬起頭來，就望到是新搬到同院住的劉三嬸，趕忙陪著笑立起身來。

「您也早啊，這兩天天氣真好。」

「可不是呢，沒見過這麼涼快的夏天過。」

「唉，賣力氣的人也少受點罪。」

「您可是有福氣的人，這麼大的孫子孫女。」

「受罪的命，提不上福氣。」

「哪兒的話，您看我們，這一輩子不就算是白過去了麼，死了連張紙也沒有人燒！」

劉三嬸像是頗傷心地說著，想到這件事，他卻覺得還算是滿意的。他說著：

「您到屋裡坐坐吧。」

「大清早的就來打攪——」

「哪兒的話，您那不是見外了麼？」

說話的時節，已經，先一後地走到屋裡去了。他們坐在炕沿上，妞兒把沏好的茶送了過來。

「妞兒今年有多大啦？」

「都二十啦。」

「長的夠多麼好啊，像水蔥兒似的！」

她說著，把眼睛望到坐在牆角矮凳上正在綴補的妞兒，聽到這樣話的她，並沒有抬起眼睛來。

「有了婆家沒有呢？」

「還沒有啦，一來他兄弟沒有成家，少人照顧；二來總也沒有合適的，就給耽誤下了。」

妞兒立刻就站起來，拿了小凳到外面的窗下去了。

「我可不願意管這些事，誰叫我們都挺好呢，再說這種事管好了無功無過，萬一有點不好，可就要受盡了埋怨——」她絮絮地說著，先把一切無用的話都說出來，「前兩天一位親戚求到我這兒來，要我給保門親，本人是在鐵路上作事的；您知道，我可不願意管這些事，實在是推不開了，唉——」她又大大地喘著了一口氣，接著說下去，「我可就想起來妞兒來啦，真是炕上一把，地下一把，放到那兒也不含糊的好孩子。」

「您多誇獎，就是有一樣，不知道那邊是原配還是填房？」

「原配啊，本人就是年紀稍稍大了點，也就是三十上下；話可又說回來啦，歲數大點兒呢，懂得體貼，總比那年青力壯火氣剛的好得多。」

「大一點倒不妨事，就是——您可不知道，我們家裡還少不了她照料——您喝口茶。」

於是他們同時各自端起杯了來喝了一口，還沒有等嚥下去，劉三嬸就接著說：

「拴兒也不小了，該娶個媳婦，不就接上了麼。」

「還娶媳婦呢，一時哪裡來的閒錢。」

「妞兒的親事說妥了，總有個三二百的財禮，就拿那個給拴兒辦事還不可以麼？」

「我不打算要財禮的。」

「您可別犯死心眼，費心費血地養大了，那不得要幾個，再說我們也不是靠著女兒當搖錢樹，一點也不是不正當的。這年頭別說我們，女學生們不還都要嫁個有錢的麼！」

「唉，年月是久了，哪裡還有像『王三姐』[6]那樣的人呢！」

「連雞子都賣十個子一個了，……再說妞兒那當子事，得點財禮緊跟著也給拴兒說著，要是姐姐和兄弟一天辦事，費用不是省得多麼。」

「可也不能太忙了。」

「您放心，我還得給仔細打聽打聽呢，將來要是願意看看本人再定也可以，拴兒的事我也可以給操勞著，有合適的也提著，唉，我也是好管閒事，誰叫咱們都不錯呢，您的孩子還不就像我自己的孩子麼？……」

她的話像永遠也說不完，要不是她的丈夫在院子裡叫著，她絕不會停止的。

「我的當家叫我呢，事情就這麼辦吧，您也想想，有什麼信我再給您送來。」

「謝謝您啊，要您多勞神。」

在把她送出來的時候他說著。

「你再要是這麼說我可得罰您，您的事不就是我的事麼，您留步吧——」她說著又轉了說話的對象，扯開嗓子叫著：「我就來，我就來！」

6　這是指了舊劇《綵樓配》中的王寶釵。

送走了客人，他又在炕沿上坐下來，裝了一袋菸，安詳地吸著。他的心中卻正在盤算這件事，如果若是都成了，可就是完了兩件大事，也不用東典西借。

——拴兒那孩子呢，他心中想著，也該有個家小，有了家小就可以少要錢，多練點工夫，不是就可以更早一點地練出兩著來，不致於像他自己這一輩子。

這一天他是高興著，吃過了午飯就到戲園子裡去，同伴們看見他的樣子，就來問：

「楊二哥，有什麼喜事了麼？」

「沒有什麼，沒有什麼」，他一面把衣服披上，把帽子戴上，一面說著。「到了那一天，我自會請老弟們喝一盅。」

一個歡喜說笑話的故意說：

「是二哥續弦麼？」

聽見的人都笑了，可是他卻吶吶地說：

「什麼話，我這麼大的年紀，我是給孫子孫女操勞著呢。唉，有什麼法子，都不小了。……」

管事的像野狗一樣地叫起來了：

「幹什麼，都聚在那兒，『安哨子』[7]都完了，還不把衣裳都穿整齊了！散開！散開！」

於是這一群人都走了，他像往常一樣地，拿了長旗，從上場門出去，又從下場門進來，一次又一次地……

關於孩子們的終身大事，一天一天地有了顯然的進展，劉三嬸又保一個木匠的女兒，十九歲的，說是可以給拴兒來提著。她說：

「這孩子也是一個好孩子，雖說及不上妞兒那孩子好，也算是難找難尋。就憑那一手好活計，我真還沒有看見第二份。妞兒的親事我也提過去了，就憑我這一句話，人家連相也不用相。抄個八字，先去合合，您要是相呢，告訴我一句話，定規個時辰，都能辦得到。」

「只要您看見過也就是了。」

「我見過啊，還不到三十歲的樣子，少年老成，說話穩穩噹噹，可沒有時下年青人的習氣。」

7 第三通鑼鼓，加了鎖吶，在內行叫做「安哨子」。

「唉，圖個什麼呢，妞兒是個老實孩子，只要過了門不受氣就是了，也不敢怎麼挑剔。」

「那您可以放心，他絕不是那樣的人，我也活過來五十多歲了，什麼樣的人一眼看上也是八九不離十。」

劉三嬸是那麼有本領的一個人，在說話的時節，眼睛和眉毛都在動著，已經禿了的頭皮，塗了黑黑的一層油膏，發著亮，像一顆圓圓的煤球。

「——我告訴您，我是不修今世修來世，我可不能昧天良做虧心事。還有一件，人家問過女家打算要多少財禮呢？」

「那——那沒有關係，隨您辦吧，多點少點算得了什麼，誰還憑這個發財麼！」

他覺得一點難為情，嚅囁地說著。

「話雖是這麼說，還是公事公辦好，大小您說出一個數目來，我也好回覆人家。」

「隨您跟他們去說吧。」

「這個數目怎麼樣？」

她打著手勢，先伸出兩個指頭，隨後又伸出五個來。

「好吧，您看著辦吧，怎麼辦怎麼好。」

他覺得有一點不耐煩了，他雖然是窮困，也犯不上拿自己的孫女當貨物一樣地講價論價，若是不為拴兒那孩子娶媳婦，他是絕不會收別人一文的。

「那麼我走了，您聽信吧，拴兒的事我也再問問，也得探聽探聽人家要多少錢啊。」

「好，您多分神吧，將來一塊兒再謝。」

「只要我把事情順順當當地辦妥了，喝盅喜酒，那我也就心滿意足了。」

撇著八字形的腳，她走出去了。

由於劉三嬸的熱心，這兩件事都在一月內成了。妞兒的出嫁，他收了二百元的財禮，給拴兒娶媳婦，他又花出去一百五十。再加上那一天的挑費，還有給妞兒事先買了點子陪嫁，他就負了放印子錢的三十塊錢的帳。可是他卻是高興的，兩件「大事」都在他的眼前辦得妥妥當當了，而且拴兒那孩子，自從娶了親，也不到外邊耍去了。那個媳婦呢，比起妞兒來可差上天地，是長著粗眉大眼慣於打情罵俏的一個女人。她的嗓音是尖得有點使人聽了不耐煩，那潑辣的神情，是一眼就可以望到。這是他所不滿意的地方，可是看到了那一對少年夫妻那樣合好，也就罷了，心中想著：只要他們美好也就是了。

他辦完了事五天，劉三嬸就搬了家，臨走的時候還到他房裡來辭行。

「唉，住得挺好的，您就搬了麼？」

他像是很動情似地說。

「您可不知道我們當家的那點狗脾氣，沒有個常性，到那兒也住不上一年二載的。」

「我可真得謝謝您讓您費心，辦完了兩件大事。」

「您可別提那個，只要不受抱怨就是了，咱們是後會有期。」

當她坐上車子走的時節，他還殷勤地送出了大門。

日子一天一天地溜過去，拴兒媳婦的性子也一天一天地大起來。老頭子就是裝聾做啞吧，那一共才只兩間的房子也被她叫喊得像是要塌倒了。拴兒那孩子呢，想不到又是一個在女人面前最無用的男子。有的時候，還會幫了自己的家小在說三說四。他不說一句話，忍著氣，漸漸地都會罵到他的頭上來。他想到發作的，可是這年頭——

他一想到這年頭他就忍下了。這年頭是下犯上的年月。自己想著頂多也不過十年八年的活著，到時候撒手一死，管他們那麼多幹什麼！妞兒可是好孩子，只要她在婆家舒舒服服也就好了。那孩子心好，是絕不會遭惡報的。

他自己提了酒礡碌到街上打了四兩蓮花白，買了三大枚的果仁，便又回來了。他獨自喝著，用手指剝去果仁的皮送到嘴裡。他有多少年是未曾喝過酒的，但是現在他卻有了「一醉萬事休」的想頭，於是就又來喝著了。

那個潑女人會更揚高了聲音罵著：

「…好啊，灌貓尿吧，一天也不知道點別的！我算是前世來缺德，這輩子嫁到你們戲子家裡來現眼……」

他都分明地聽到了，那末了的一句話，使得他跳起來，這種辱罵是他從來未曾有的。他想跑過去當面問問她，可是才邁了一步，就好像有人說：「不必生氣吧，再喝上兩口，你就會舒舒坦坦地什麼都忘了，你不是生氣的那個年紀了，養點精神，多活上兩年吧——」

於是他又站住了，他把酒礡碌對著嘴喝了兩三口，他就感覺到一點美麗的暈眩了。一切都變成好的了，那再不是一個女人的嘈鬧，而是有韻律的歌唱，使得他飄起來飄起來，漸漸地他歪到炕上就睡著了。

醒來時，是下半晌了，雖然沒有吃中飯，也不覺得餓，揉著眼睛坐起來。突然有著頗熟識的聲音在耳邊響了：

「爺，我回來了！」

「這不是妞兒麼？」他心中想著，「她不是嫁了出去怎麼回來呢？莫不是我還在做夢？」

可是轉過臉去，屋門外正是她走進來了。她帶了一件包袱，穿著一身紅，到了他的前面。

「妞兒，真是你回來了，你好啊？」

她坐下去，她沒有說話，她的眼圈卻紅起來。

「您才睡醒麼？」

「唉，可不是麼，那一家還好麼？」

「好還好的，就是——」

她才要說出來，又吞了下去，她的淚已經奪眶而出了。

「就是什麼呀？——孩子，你說下去！」

「我當的是房，……」

「怎麼那個養漢婆給你保了這門親！」

他的聲音打著抖，他的手也是戰顫著。

「那個人對你怎麼樣吧！」

「您看看——」她說著，把袖子挽了起來，他模糊地看到了青黑的幾條手印。

「好他小王八蛋，他媽的欺負人……」

他又暴跳起來了，可是妞兒卻說：

「您不用生氣，這是『命』啊！」

她說完這句話就掩起臉來哭著，他重複坐下去，吶吶地用輕微的聲音說著：

「這是『命』，這是『命』啊！……」

他的淚也流出來了，在他的胸間像是有什麼東西塞住了，使得他連呼吸都像是困難了。

「孩子，在家裡好好住上兩天吧，唉，『命』啊，『命』啊！」

到晚上，他又是趕著到戲園裡去了。這天的觀客是異常地多，他就問著別人：

「今兒個這麼熱的天怎麼還上個滿堂？」

「您不知道麼，今晚楊老闆貼新排的，出《劫魏營》。」

「啊，真是，一塊六，當初大老闆，叫天做夢也想不到這麼大的戲價啊，年月到底是變了！」

他嘆息著，又走開了，管事的人來向他說：

「劉二，楊老闆的戲，你要來個『下手』。」

「什麼，我十年沒幹了，怕不成吧。」

「要是人夠用，就找不到你了，找到了你，你也就不能推得開，除非你不吃這行飯！」

管事的人像是氣忿忿地走開了，他只呆呆地站在那裡。

到了時候，他自己也只得穿起短衣來，還在臉上胡亂地勾了兩筆。他的心在跳著，他自己也想不到吃了五十年的行業倒使他膽怯了。

他看見上了裝的楊老闆從樓上下來，那威凜凜的扮相，真是少有的。他看著他，站到上場門的後面，繡簾只一拉起，就有遠震山海的采聲起了來。……

這一場下來，他就該出去了。他是打了一面旗，跑著出去的。座位裡真是滿了人，天是更覺得熱了。多少柄扇子在下面揮著，如秋風吹著的蘆葦，倒過來又倒過去。他喘著，他的腿腳像是有什麼壓著。終於還是勉勉強強的過去了。

他坐在後臺，抄起一柄大蒲扇搖著，嘆著氣，他知道自己是不濟事了。

過了兩場之後，他又要出去了。這一次，需要他和那其餘的三個人翻著筋斗。一個翻過去了，兩個也過去了，該是他了。他拚著力量翻著，在落下來的時候，他沒有收住腳，踰踉地向前跑了兩步，他坐著摔到地上。為那可笑的姿式觀客都已笑了起來。在他的耳朵裡是無盡哄哄的笑，眼前就是那張開的大嘴，一個一個的擠滿了。他想到那些觀客是來娛樂的，便也強自笑著，他想從地上爬起來；可是他沒有能夠，他的眼前只是黑壓壓的一片，但是那裡面就有妞兒的臉，還有那青黑的手印。漸漸地大了，把他整個都蓋了起來——他的頭頹然地垂下去了。……

醒過來的時候，他已經睡在後臺衣箱的上面，他用那不靈活的眼睛望著四周，搖搖頭，便又閉了眼睛。

櫃檯正在演著另一個場面，許多人在高興地喝著采，方才的那一點驚恐已經沒有了，鑒賞著邊式的「起霸」，爽快的晚風從窗口吹了進來。

「今天晚上真痛快……」

一個人這樣低低地說著。

下場

離群者

主人告便之後，就出去迎接新來的客人。才在三五分鐘之前，主人森川，告訴了他今晚的客人是一個中國商人和他的家屬。這使他覺得驚訝了。自從事變以後，他以居留日本十五六年的好身分，得著日本友人的臂助，就任了瀋陽特務機關的囑託，平時是只以獵狗一般的鼻子來嗅著那些在他以為是異樣的中國人，以狼一樣的目光來釘著有點志氣的同胞，比日本人還忠心於自己的職務，永遠是冷峻，嚴厲，使人見而生畏的。他從來不和那些他以為比他下一等的中國人交接，完全為了使別人想不出他也是中國人，可是卻有著過於日本人的機智。在親切一點的宴會之中，他還從來沒有遇見過中國人，於是主人的告知，不得不使他奇異了。他突然想到莫不是主人故意的調弄，漸漸養得驕縱的性子，是可以站起身來就走的；可是他並沒有這樣做，他不會這樣愚蠢，主人森川不只是一個日本人，而且是一位大企業家。他知道為了企業家的意念，皇軍才不顧一切在滿州揚起了太陽旗。所以他只是微笑著，點點頭，仍然坐在沙發裡。

他順手從旁邊的木桌上拿起來一本半為飾品，半供候見的客人翻讀著的《美術全集》，打開來放在腿上，以一隻手翻看書頁，一隻手捻了自己的鬍子尖梢。這樣做，他是在盼著它也能如日本軍人一樣地翹上去。在翻閱的時候他不只未曾想到這一幅畫是屬於哪一派，或是那一幅畫是哪一個藝術家的傑作，就連清楚的輪廓也未在腦中留下。他只是要使自己有點事做才翻著，他知道這樣還可以減少一些用眼睛瞪著那群客人走進來的不安。他聽到客人走進前廳的聲音，他也知道那只小狗一定也是叫著，滾著，於是雜沓的腳步和細碎的語聲都漸漸地近了。

他知道客人已經走進了客廳的門，他仍然沒有抬起頭來，一直到主人森川為他介紹著：

「這是李先生，一位體面商業家——這是山村先生，特務機關的囑託。」

在這時候，他不得不站起來，他們互道著久仰的話，他也望著新來的一群客人。被介紹的是一個將近六十歲的人，長著將要成為白色的鬍子，有偉岸身軀；此外就是一個五十歲左右的婦人，還有兩個二十四五歲的青年夫婦，和一個十六七歲的少年。主人以生硬，吃力的發音，用中國語再為他介紹著其餘的人，於是他知道那一位是李太太，和他的兒子兒媳們。

年老的李先生從衣袋中取出名片來遞給他，在接待之後，點著頭，也把自己的取了出來送過去。那是在上首排了一行奉天特務機關囑託的一行小字之外，印了山村本義四個較大一些的字。他看見那個人懷了一點驚疑，朝他望望，他的臉微微地有一點紅起來。

順了主人的請求，他們都坐下去。

「李先生在瀋陽住了很久吧？」

「都不止二十年了。山村先生說得真好的一口中國話啊！」

「唔，唔。」

為了別人的讚揚，他是該笑笑的，可是這讚揚只像刺一樣地刺著他的心，他不只感不到得意，就是那勉強的笑容，也顯出十分狼狽來了。

「您說的是道地吉林省城話——」

「唔，我在那裡住過的——」

他想著為什麼那個人一定要這樣追問著他呢？好像他心中的隱祕都為人看穿了，他有一點憤怒，在心中自己想著，這憤怒不也是太無理由了麼？他又好像看見主人森川也在笑著他的窘迫了，他原是知道他一切的祕密，再看看其餘的人，也像是對他諷笑著，雖然是冬日裡，汗也涔涔地滲出來了。

「為什麼不發作呢，難說來到這裡是為別人諷刺的目標麼？」他心中又是這樣叫著了；可是對那一個人呢？森川那邊，他是絕不敢喘一口大氣，就是那位李先生，不也是為森川許為他最好的中國友人麼？若是有了什麼難堪的舉動，森川定然不會只是一個旁觀者吧？

他按捺著，忍下火一樣的忿怒，掏出手絹來擦拭著前額和臉部。

「山村先生的學問也很好呢，寫出來的文章，連日本人都及不上。」

森川這樣地說著。他又想到說這樣的話有什麼意義呢？再若是想下去一層，不是明明白白地說出來，他並不是一個日本人，為了某種的方便，丟棄了自己的祖國，自己的姓名，成為眾人所不齒的人物！

可是那位李先生，卻像是沒有十分注意這句話的深意，只是附合著無關的訣揚。

他後悔著不該到這裡來，為什麼事前不問清了主人所請的客人再來呢？即是來了之後，聽到主人告訴著之後，不也還是可以託故離開麼！這樣是使他陷於動也不是靜也不是的情況中，別人的眼睛，都像針一樣地戳著他，甚至於他過分地想到了，在以前也許和那位李先生會過面，他是知道他從前不是名為山村正義的……

「我和貴國的特務機關總管梅田先生也見過的。」

那位李先生任意地說著，可是在他的心中卻又起了變化，好像悟到和總管相識，自然知道我的來歷了。

於是他是更感覺到不寧了，恰巧下女捧了茶和點心進來，他和其餘的客人都承了主人的情，在啜著茶，或是把那小的豆餅放到嘴裡去，為著別人把精神都為咀嚼所吸引去了的原因他才覺得輕鬆。

「山村先生的事情也很忙吧？」

「也就是那麼樣，我的辦事處在車站，每一次車來了的時候我都要照看。」

「照看些什麼呢？」

「不斷地有中國方面的密探派了來，」他滿意地又在捻著鬍子，「大大地影響著『滿洲國』的治安。」

「貴國倒真是以十分的力量輔助『滿洲國』呢！」

這句話，最刺著他的耳朵的是「貴國」那兩個字，他自己想著私有的隱祕，定然已經為他們看穿了，才故意用「貴國」這兩個字來加以譏諷。他的忿怒在胸中激盪著，但又多多少少也有一點羞愧，他想就站起來和他們叫著：「不要故意來這一套吧，我就是一個棄了我的祖國的人，我要吃飯，有什麼法子呢！你們罵我麼，你們哪一個敢罵出了口？不用說別的，我總是自在的……」

想到了自在這兩個字，他打了一個寒噤，他疑惑著，自己問了自己，「我是自在麼？」

他想起來沒有落地的問話，就急急說：

「總盼望『日』、『滿』兩國人民，都一樣地享受安樂。」

但追悔立刻就上來了，想著為什麼在才見面的時候，不來用日本人說中國話的那種腔調，如同每天他在車站上所應用的，來說著話呢？若是那樣定然可以免去這許多煩惱吧。現在再改過是無論如何也來不及的了，倏然間他記起了坐在一傍的主人森川，就想起來說那樣的話，也許是不容易張開嘴來的了。

他坐在那裡，從袋裡取出一支菸來抽著，他極力裝成安詳閒逸的樣子，他聽到森川用著真是生硬又不準確的話和那個李太太在談著，因為一句半句話，森川就覺得窘迫似地做出了似笑非笑的臉。他於是把眼睛望了這房中所有的人，他發覺了其餘的客人們較之主人對他是更親切一點，雖然他也想到了他們是在疑心地，或是在以卑夷的眼光看著他。一時間他對於這原因有點茫茫然，他想不出為什麼會是這樣子，但是漸漸地他知道了，他知道在心中還有一點未泯的對祖國的眷戀。

他已經隔絕了一切舊的友人，孤另另的一個人，終日伴了他的也是那個日本妻子。雖然一日間他能見不少的人，和他生長在一個國度之內的；可是他不能說著那樣的話，他要隱藏了自己，要別人弄不清他，同時，武裝的日本軍官，也有意無意地投著監視的眼光。

他下意識地把茶杯舉到嘴邊，他的心，起始在感覺著有一些沉重了。

這時候，女主人也在客廳的門口出現了。她就立在門口頻頻地行著禮，她是才從廚房裡出來，說著因為親自烹調，所以沒有能來招待客人。

所有的客人都站了起來，回著她的禮，於是又都坐下來，女主人也撿了一張木椅坐下。她是肥胖的，臉發著紅，想為爐火烤得熱了，她在喘著氣，用手絹為自己搖著。

「森川太太是了不得的人，做得一手的好菜。」

他以半莊半諧的語氣說著，可是為別人聽著卻多少含有了一點諂媚的深意。

可是被說著的人和主人卻露出高興的笑來了，其餘的人，像是因為不得不笑而勉強地笑著了，這使沉寂的空氣頓時喧鬧起來，於是他得意地又說著：

「日本的太太比我們中國的——」

他才吐出了這幾個字，就頓然地停住了，他知道所有的客人在朝了他望著，雖然他沒有敢正經地看著，在偷眼觀察之中。他清楚地望到他們是望著他，以懷疑的眼光，但是他那狡兔一樣的機敏，就立刻補著說：

「日本的太太真是能幹，什麼都能做，尤其是善於烹調。」他摸摸自己的鬍子，「因為武士道的緣故，日本男人必須要自己的妻來燒菜才能吃，現在——啊，現在雖不是從前那樣，也就養成了日本女人做菜的本領。」

在說著這些話，他，直是匆忙著的，他的心怦怦地跳著，他想如何才能掩過去方才的失言。最好還是能在談到日本的時節加上「我們」兩個字，可是又像為什麼哽在喉中，卻不能輕易地吐了出來。把這些話都說完了，他又無由地笑起來，他的笑是不必需的；可是他張大了嘴笑著。兩顆金的假牙在反映著一點點的燈光，張開的嘴是一個無底深的洞，笑的聲音雖是雄大，卻顯得那麼空洞，那麼無著落地，如一個人行在山谷之中，獨自聽著自己狂嘯的回音。

森川露了一點滿意的笑容，或者因為他是主人的原因，被讚揚的森川太太，聽不懂中國語，可是看到了他的笑，也勉強地用手絹掩著嘴，使鼻子到嘴角的紋更深陷下去。他就用那流利的日本語，把說過的話又說了一遍。

帶了小兒女一樣的忸怩，森川太太又說著抱歉的話退出去了，因為她還要再到廚房裡去。

他的額上還是滲著汗，又取出手絹來擦著，在低下頭去的時候，看到懸在金錶鍊上的兩塊綠翠，於是他又想到近來過著的優越生活，只是月薪，就有四百金票的數目，所以對於一切，也只能淡然處之了。

但是他的忿怒還是在胸中激盪著，他的心上有著難舉的重壓，他仔細地看著那一群人——那裡面是不包含主人森川的——他覺著那個年青男人是更凶狠地以惡毒的眼光望著他。那是一個二十歲以上的青年，黑黑瘦瘦的一張臉，沒有張過一次口，也沒有露過一次笑容——這是真的，因為在才見著的時候他就注意著——像這樣的青年，當事變之後，在這裡不知有過多少。在他的管轄之下，他可以施以搜查檢舉；若是有一點什麼可以誤會做「義勇軍」的活動者，便可以加以死刑。可是現在，他卻忍受了這如長矛一樣的眼光，刺著他，像是朝他斥罵著：

「你，你棄了你的祖國，棄了你的姓名——為了自己的榮華，你把和你在一方土地上的勇士陷害了——以那鮮紅的血來使你有輝耀的光采，以那枯骨來架起你的位置——你不惜把你的仇人認成救主，啊，那是什麼樣凶殘的救主啊！可是你，你供著他們的奔走，你成為他們得力的爪牙，你……」

他為憤怒燃燒著，這些話雖然是沒有罵出口來，卻也清清楚楚地悟到了。他也是有著火一樣的性子，他不能過於容忍，他想大聲地叫出來……

叫出來些什麼呢？要說明自己仍然是一個中國的公民麼？可是他彷彿在腦中顯出來那張名片，印了山村正義的四個字，每一個字的筆畫都變成又黑又大地，蓋了他整個的身子。那麼就以不該來侮辱皇軍的官員為口實吧；可是當他在這樣想的時候，就打了一個寒戰，他也並沒有想到這樣來說。

但是來取如何的對策呢？就要如一個不能說話的人來忍受這凌辱麼？真若是一個

上天生下來便有殘缺的人，也就可以過去了，可是他也不是一個儀表堂堂的男子，和一切的男人沒有什麼不同，甚至於還有著高人一等的機智麼？是什麼使他噤然著呢，好像他是在迷惘著；可是才一思索，就找得了那原因。他知道自己只和沉默著，在別人還沒有戟指怒罵之前，他是什麼也不能說了。

那落在心上的苛責，沉重地一下一下都刻印在上面，他的臉紅漲著，呼吸是幾乎塞住了。他看著別人，好像是沒有一個人可以傾訴他的苦處，不止在這裡，就是整個的世界上怕也找不到一個可告衷曲的人，他就只皺了眉頭，咬著自己的嘴唇。一聲不響地兀自坐在那裡。

這時候下女走來報告著晚飯已經預備好了，請客人們和主人到餐廳裡去。於是他也隨同其他的人站了起來，他回望著那沙發的一角，本是柔軟的，在他卻感覺到如銅鐵一樣的堅硬。他蜷坐在那裡，沒有動一動，整整也有了一小時以上。當著他立起身來的時候，他覺著輕快了，他聳了聳肩，一隻手插在褲袋裡走向餐廳去。

他撿定了近著主人的一個坐位，長桌的那一端，留給女主人，頓然他想到了使心際輕鬆下去，必須做成一個嘵舌的人。於是他看到那其餘的客人如何不慣於吃著道地的日本飯菜，他便加以詳盡的解說；說是那油晃晃的湯，多麼適宜於一個抽菸的人，可以洗滌臟腑的毒質；說是那一塊生魚有多麼寶貴，只有在日本××地方才有得出產，還有這樣的菜，那樣的菜，由於他的點綴，都成為多麼美妙的食品。他可是饕餮地吃著，如日本人一樣地大口地向嘴裡送著飯，在這時候，他還要勻出空閒來說著讚揚的話。

看到別人一點驚訝的樣子，為了他為主人斟酒，他便解說著這如何是日本人和中國人的不同，在日本的筵席上，客人是需要為主人滿上酒的。

到了「雞素燒」也端了上來的時候，他又是活躍地做著他所能做的事，他熟練地把那圓鍋塗上了牛油，把蔥和牛肉鋪了上去，然後就加上了糖和醬油，他咂著嘴，他的臉上浮著微笑。到了可以入口的時候，他分給所有的客人，自己也取了點，有味地咀嚼著。他覺得滿意，這笑蔽去了心上的窘迫；可是當著那個年青人朝了他瞥著一眼，立刻他的心又沉重起來，他看到的是更惡毒的眼光了。

計算著時刻，他該走了，因為有一班從山海關開來的車，就要到了，他說著原委，再加上抱歉的話，就獨自離開了主人站起身來，卻在餐廳的門口為他攔住，說是不要送出來，還是去陪伴著客人吧。為了他的誠意，主人真也就在那裡和他告別，他一個人到客廳裡取了帽子，外衣，還有那支藏了利刃的手杖，就匆匆地走出了門。

那是滿天星的秋夜，披上了外衣，不只隔去了那點涼爽，且給了他一點點適意的微溫。走出來他便大大地吐了一口氣，仰起頭來，昂胸向前走著。他知道那沒有多麼遠的路，就可以到了車站，而且那水門汀的邊路，正為他們這種得意的人準備好了，可以一行走著，一行有那硬鐵的鞋跟為自己擊著音節的。這樣子走著就可以更覺著高興，適人的微風撲在臉上，也正可以冷下去為步行而滲出來的汗水。

街旁是明著更亮的燈光，可是行人，卻較之事變前少得多了。在輝耀的燈光下，看著伏在案上睡著了的商店夥計，會使人更覺著淒涼蕭條的。憑著「友邦」的善意，來繁榮這新興「滿洲國」，將建設新的樂土，是把「友邦」中剩餘的人和貨品都運了來。在這裡「友邦」的人民得了好報酬的職業，而「友邦」的貨品，是完全無稅在各地營銷。為了整理蕪雜的幣制，一切的「奉票」、「江帖」、「哈洋」都禁止通行了，而在滿洲國幣之外，卻有著日本金票。於是把「日」、「滿」提攜的口號叫起來，可是暗地裡，吸著那些被壓迫的血，還要殘害著他們的性命。就是這樣，沒有人能說一句話，也沒有人敢說一句話了。

他卻是受實惠中的一個人，他時常這樣想著，當著他這天晚上在行走的途中，他又是這樣想了。在以前，他還不只是靠了做私人日語教師才能餬口麼？而那區區的數目，也只是一人所用，那個日本的妻子隨了他到中國不到半年，便又忿忿地回到日本去了。但是他總算是能耐苦的一個人，就自己活著，過著單獨的生活。整個的社會展在他的眼前如同一具殭屍，沒有他一點機緣，不能給他一點發展的力量。一年過去了，兩年也過去了，他還總是那樣。有的時候他會沒有一點收入，呆坐在家中。像他那樣一點積蓄也沒有的人該怎麼樣呢，甚至於想做惡人也沒有那能力的。

就是在這時候發生了「事變」，這「事變」給了一切人以無上的損失，可是他卻由於他的日本友人，一個皇家軍部人員的推薦，得以做了一個特務機關的囑託。為了事務上的方便，他棄了自己的姓名，他忠心於他的「天皇」，有多少人因為他的一句話就送掉了性命。他每月有著高的薪水，也有一些分外的收入，這時他從前的那個日本女人，也跑了來和他住在一起。他有了家，有了身分，他有了一切；可是當著自己問了自己：「我是滿意的麼？」對於那個回答，他自己也得躊躇著了。他像是失了些什麼，他自己也說不清，在他個人的周圍，隔了一個圈子，只是他自己孤獨的活著。他的職務和他那日本腔的中國話使中國人懷了恐怖和生疏，而日本人那一邊呢，也未嘗以為他是心腹人。那個妻雖然是滿意於現生活；可是又時常說到他只是靠了日本人的賜典，多少總還是沾了她的光。為了這個原因，貪婪的女人千方百計地多和他要錢，買著不必要的物品，當著她不被滿足，就會哭著喊著罵著。憑著他的性子他是不能容忍的，可是他只得忍著，連一口氣也不敢喘似地。

轉過了一個街角，遠遠地就望見車站前的廣告場上已經滿了人和車輛。突然一個寒戰透了他整個的身子，立刻他加快了腳步。他想到車是已經到了，他又誤了。

他費了很大的力量才從那入口的地方擠了進去，待跑到他每天站立的地方時，眼前的一列車，早已成為一個空的軀殼，那個機車也正卸了鉤退到後面來，準備著把這列車帶到站外去。

「唉，晚了，早知道——」

正是他自己喃喃地說著的時節，突然有一個人在他的背脊上拍了一下的。他回過頭去，看見是小田事務長，憤怒把這個人的臉弄成像晒在太陽下的馬鈴薯。立在那裡，默默地不說一句話；可是他的汗卻流著了。

「這是你第二次遲了。」

那個小田事務長是從牙齒縫中把這些字一個一個地擠了出來。

「那是因為——」

「過失是沒有解釋的！」

和他面對著的人立刻就截斷了他的話，像餓狼一樣地吼著。

「到底你們中國人是該做亡國奴！」

這是著著實實的一鞭子抽在他的心上，他的心疼痛著，他不是因為被人說了自己的祖國，他已經沒有祖國，若是有的話，就可以說是日本；可是日本人，卻仍然是把他看成不長進的中國人，他只是一個架在中間的一個小物件，哪裡也不能依附。這時候他才是真的感覺到悲哀了；但是也沒有人來聽他的申訴，也沒有人給他同情。

那個人說完了話就雄糾糾地走了，馬靴上的鐵刺，一下一下地響著，好像也在說著些什麼諷刺的話。他獨自一個留在那裡，掏出手絹來，擦著頭上的汗，追悔著不該到森川的家中去，他追悔著不該在街上閒逸地步行著，他更追悔著不該……

但那早已遲了，那將永遠地成為他難以彌補的悔恨。

電子書購買

國家圖書館出版品預行編目資料

蟲蝕：窗下的玉蘭已經落盡，卻在枝椏間生出暗綠葉子 / 靳以 著 . -- 第一版 . -- 臺北市：崧燁文化事業有限公司 , 2023.07
面； 公分
POD 版
ISBN 978-626-357-417-5(平裝)
857.63 112008194

蟲蝕：窗下的玉蘭已經落盡，卻在枝椏間生出暗綠葉子

臉書

作　　者：靳以
發 行 人：黃振庭
出 版 者：崧燁文化事業有限公司
發 行 者：崧燁文化事業有限公司
E-mail：sonbookservice@gmail.com
粉 絲 頁：https://www.facebook.com/sonbookss/
網　　址：https://sonbook.net/
地　　址：台北市中正區重慶南路一段六十一號八樓 815 室
Rm. 815, 8F., No.61, Sec. 1, Chongqing S. Rd., Zhongzheng Dist., Taipei City 100, Taiwan
電　　話：(02) 2370-3310　　傳　　真：(02) 2388-1990
印　　刷：京峯數位服務有限公司
律師顧問：廣華律師事務所 張珮琦律師

定　　價：280 元
發行日期：2023 年 07 月第一版
◎本書以 POD 印製